新　潮　文　庫

奉教人の死

芥川龍之介著

新　潮　社　版

1807

目次

奉教人の死

煙草《たばこ》と悪魔

煙草は、本来、日本になかった植物である。では、何時頃《いつ》、舶載されたかと云《い》うと、記録によって、年代が一致しない。或《あるい》は、慶長《けいちょう》年間と書いてあったり、或は天文《てんぶん》年間と書いてあったりする。が、慶長十年頃*には、既に栽培が、諸方に行われていたらしい。それが文禄《ぶんろく》年間になると、*「きかぬものたばこの法度《はっと》銭法度《ぜにはっと》*、玉のみこゑにげんたくの医者」と云う落首《らくしゅ》*が出来た程、一般に喫煙が流行するようになった。——

そこで、この煙草は、誰の手で舶載されたかと云うと、歴史家なら誰でも、葡萄牙《ポルトガル》人とか、西班牙《スペイン》人とか答える。が、それは必ずしも唯一《ゆいいつ》の答ではない。その外にまだ、もう一つ、伝説としての答が残っている。それによると、煙草は、悪魔がどこからか持って来たのだそうである。そうして、その悪魔なるものは、天主教*の伴天連《バテレン》*が（恐らくは、フランシス上人《しょうにん》*が）はるばる日本へつれて来たのだそうである。

こう云うと、切支丹《キリシタン》*宗門の信者は、彼等のパアテル*を誣《し》いる*ものとして、自分を咎《とが》めようとするかも知れない。が、自分に云わせると、これはどうも、事実らしく思われる。何故《なぜ》と云えば、南蛮の神が渡来すると同時に、南蛮の悪魔が渡来すると云う事は——西洋の善が輸入されると同時に、西洋の悪が輸入されると云う事は、至極、当然な事だからである。
しかし、その悪魔が実際、煙草を持って来たかどうか、それは、自分にも、保証する事が出来ない。尤《もっと》もアナトオル・フランスの書いた物*によると、悪魔は木犀草《もくせいそう》の花で、或《ある》坊さんを誘惑しようとした事があるそうである。して見ると、煙草を、日本へ持って来たと云う事も、満更嘘《まんざらうそ》だとばかりは、云えないであろう。よし又それが嘘にしても、その嘘は又、或意味で、存外、ほんとうに近い事があるかも知れない。――自分は、こう云う考えで、煙草の渡来に関する伝説を、ここへ書いて見る事にした。

*　*　*

天文十八年、悪魔は、フランシス・ザヴィエルに伴《つ》いている伊留満《いるまん》*の一人に化けて、長い海路を恙《つつが》なく、日本へやって来た。この伊留満の一人に化けられたと云うのは、正物《しょうぶつ》のその男が、阿媽港《あまかわ》*か何処《どこ》かへ上陸している中《うち》に、一行をのせた黒船が、それとも知らずに出帆をしてしまったからである。そこで、それまで、帆桁《ほげた》へ尻尾《しっぽ》をまきつけて、倒《さかさま》にぶら下りながら、私《ひそか》に船中の容子《ようす》を窺《うかが》っていた悪魔は、早速姿をその男に変えて、朝夕フランシス上人に、給仕する事になった。勿論《もちろん》、ドクトル・ファウストを尋ねる時*には、赤い外套《がいとう》を着た立派な騎士に化ける位な先生の事だから、こんな芸当なぞは、何でもない。

　ところが、日本へ来て見ると、西洋にいた時に、マルコ・ポオロの旅行記*で読んだのとは、大分《だいぶ》、容子がちがう。第一、あの旅行記によると、国中至る処《ところ》、黄金《おうごん》がみちみちているようであるが、どこを見廻しても、そんな景色はない。これなら、ちょいと礫《こいし》を爪《つめ》でこすって、金《きん》にすれば、それでも可成《かなり》、誘惑が出来そうである。それから、日本人は、真珠か何かの力で、起死回生の法を、心得ているそうであるが、それもマルコ・ポオロの嘘らしい。嘘なら、方々の井戸へ唾《つば》を吐いて、悪い病さえ流行《はや》らせれば、大抵の人間は、苦しまぎれに当来の波羅葦僧《はらいそ》*なぞは、忘れてしまう。――フランシス上人の後《あと》へついて、殊勝らしく、そこいらを見物して歩きながら、悪魔は、私《ひそか》にこんな事を考えて、独り会心の微笑をもらしていた。

　が、たった一つ、ここに困った事がある。こればかりは、流石《さすが》の悪魔が、どうする訳にも行かない。と云うのは、まだフランシス・ザヴィエルが、日本へ来たばかりで、伝道も盛《さかん》にならなければ、切支丹の信者も出来ないので、肝腎の誘惑する相手が、一人もいないと云う事である。これには、いくら悪魔でも、少からず、当惑した。第一、さしあたり退屈な時間を、どうして暮していいか、わからない。――

　そこで、悪魔は、いろいろ思案した末に、先《まず》園芸でもやって、暇をつぶそうと考えた。それには、西洋を出る時から、種々雑多な植物の種を、耳の穴の中へ入れて持っている。地面は、近所の畠《はたけ》でも借りれば、造作はない。その上、フランシス上人さえ、それは至極よかろうと、賛成した。勿論、上人は、自分についている伊留満の一人が、西洋の薬用植物か何かを、日本へ移植しようとしているのだと、思ったのである。

悪魔は、早速、鋤鍬《すきくわ》を借りて来て、路《みち》ばたの畠を、根気よく、耕しはじめた。

丁度水蒸気の多い春の始《はじめ》で、たなびいた霞《かすみ》の底からは、遠くの寺の鐘が、ぼうんと、眠むそうに、響いて来る、その鐘の音《ね》が、如何《いか》にも又のどかで、聞きなれた西洋の寺の鐘のように、いやに冴《さ》えて、かんと脳天へひびく所がない。——が、こう云う太平な風物の中にいたのでは、さぞ悪魔も、気が楽だろうと思うと、決してそうではない。

彼は、一度この梵鐘《ぼんしょう》の音を聞くと、聖保羅《さんぽおろ》の寺*の鐘を聞いたよりも、一層、不快そうに、顔をしかめて、むしょうに畑を打ち始めた。何故かと云うと、こののんびりした鐘の音を聞いて、この曖々《あいあい》たる*日光に浴していると、不思議に、心がゆるんで来る。善をしようと云う気にもならないと同時に、悪を行おうと云う気にもならずにしまう。これでは、折角、海を渡って、日本人を誘惑に来た甲斐《かい》がない。——掌《てのひら》に肉豆《まめ》がないので、イワンの妹に叱《しか》られた程*、労働の嫌な悪魔が、こんなに精を出して、鍬を使う気になったのは、全く、このややもすれば、体にはいかかる道徳的の眠けを払おうとして、一生懸命になったせいである。

悪魔は、とうとう、数日の中に、畑打ちを完《おわ》って、耳の中の種を、その畦《うね》に播《ま》いた。

＊　　＊　　＊

それから、幾月かたつ中《うち》に、悪魔の播いた種は、芽を出し、茎をのばして、その年の夏の末には、幅の広い緑の葉が、もう残りなく、畑の土を隠してしまった。が、その植物の名を知っている者は、一人もない。フランシス上人が、尋ねてさえ、悪魔は、にやにや笑うばかりで、何とも答えずに、黙っている。

その中《うち》に、この植物は、茎の先に、簇々《そうそう》として、花をつけた。漏斗《じょうご》*のような形をした、うす紫の花である。悪魔には、この花のさいたのが、骨を折っただけに、大へん嬉《うれ》しいらしい。そこで、彼は、朝夕の勤行《ごんぎょう》をすましてしまうと、何時でも、その畑へ来て、余念なく培養につとめていた。

すると、或日の事、（それは、フランシス上人が伝道の為に、数日間、旅行をした、その留守中の出来事である。）一人の牛商人《うしあきんど》が、一頭の黄牛《あめうし》*をひいて、その畑の側《そば》を通りかかった。見ると、紫の花のむらがった畑の柵《さく》の中で、黒い僧服に、つばの広い帽子をかぶった、南蛮の伊留満が、しきりに葉へついた虫をとっている。牛商人は、その花があまり、珍しいので、思わず足を止めながら、笠《かさ》をぬいで、丁寧にその伊留満へ声をかけた。

——もし、お上人様、その花は何でございます。

伊留満は、ふりむいた。鼻の低い、眼の小さな、如何にも、人の好さそうな紅毛である。

——これですか。

——さようでございます。

紅毛は、畑の柵によりかかりながら、頭をふった。そうして、なれない日本語で云った。

——この名だけは、御気の毒ですが、人には教えられません。

——はてな、すると、フランシス様が、云ってはならないとでも、仰有《おっしゃ》ったのでございますか。

——いいえ、そうではありません。

——では、一つお教え下さいませんか、手前も、近ごろはフランシス様の御教化をうけて、この通り御宗旨に、帰依《きえ》して居りますのですから。

牛商人は、得意そうに自分の胸を指さした。見ると、成る程、小さな真鍮《しんちゅう》の十字架が、日に輝きながら、頸《くび》にかかっている。すると、それが眩《まぶ》しかったのか、伊留満はちょいと顔をしかめて、下を見たが、すぐに又、前よりも、人なつこい調子で、冗談ともほんとうともつかずに、こんな事を云った。

――それでも、いけませんよ。これは、私の国の掟《おきて》で、人に話してはならない事になっているのですから。それより、あなたが、自分で一つ、あててごらんなさい。日本の人は賢いから、きっとあたります。あたったら、この畑にはえているものを、みんな、あなたにあげましょう。

牛商人は、伊留満が、自分をからかっているとでも思ったのであろう。彼は、日にやけた顔に、微笑を浮べながら、わざと大仰に、小首を傾けた。

――何でございますかな。どうも、殺急*には、わかり兼ねますが。

――なに今日でなくっても、いいのです。三日の間に、よく考えてお出《い》でなさい。誰かに聞いて来ても、かまいません。あたったら、これをみんなあげます。この外にも、珍陀《ちんだ》の酒*をあげましょう。それとも、波羅葦僧垤利阿利《はらいそてれある》*の絵をあげますか。

牛商人は、相手があまり、熱心なのに、驚いたらしい。

――では、あたらなかったら、どう致しましょう。

伊留満は、帽子をあみだに、かぶり直しながら、手を振って、笑った。牛商人が、聊《いささか》、意外に思った位、鋭い、鴉《からす》のような声で、笑ったのである。

——あたらなかったら、私があなたに、何かもらいましょう。賭《かけ》です。あたるか、あたらないかの賭です。あたったら、これをみんな、あなたにあげますから。

こう云う中に紅毛は、何時か又、人なつこい声に、帰っていた。

——よろしゅうございます。では、私も奮発して、何でもあなたの仰有るものを、差上げましょう。

——何でもくれますか、その牛でも。

——これでよろしければ、今でも差上げます。

牛商人は、笑いながら、黄牛の額を、撫《な》でた。彼はどこまでも、これを、人の好《い》い伊留満の、冗談だと思っているらしい。

——その代り、私が勝ったら、その花のさく草を頂きますよ。

——よろしい。よろしい。では、確《たし》かに約束しましたね。

——確に、御約定《ごやくじょう》致しました。御主《おんあるじ》エス・クリストの御名《みな》にお誓い申しまして。

伊留満は、これを聞くと、小さな眼を輝かせて、二三度、満足そうに、鼻を鳴らした。それから、左手を腰にあてて、少し反り身になりながら、右手で紫の花にさわって見て、

――では、あたらなかったら――あなたの体と魂とを、貰《もら》いますよ。

こう云って、紅毛は、大きく右の手をまわしながら、帽子をぬいだ。もじゃもじゃした髪の毛の中には、山羊《やぎ》のような角が二本、はえている。牛商人は、思わず顔の色を変えて、持っていた笠を、地に落した。日のかげったせいであろう、畑の花や葉が、一時に、あざやかな光を失った。牛さえ、何におびえたのか、角を低くしながら、地鳴りのような声で、唸《うな》っている。……

――私にした約束でも、約束は、約束ですよ。私が名を云えないものを指して、あなたは、誓ったでしょう。忘れてはいけません。期限は、三日ですから。では、さようなら。

人を莫迦《ばか》にしたような、慇懃《いんぎん》な調子で、こう云いながら、悪魔は、わざと、牛商人に丁寧なおじぎをした。

＊　　＊　　＊

牛商人は、うっかり、悪魔の手にのったのを、後悔した。このままで行けば、結局、あの「じゃぼ*」につかまって、体も魂も、「亡《ほろ》ぶることなき猛火《みょうか》」に、焼かれなければ、ならない。それでは、今までの宗旨をすてて、波宇低寸茂《はうちすも》*をうけた甲斐が、なくなってしまう。

が、御主耶蘇基督《おんあるじエス・クリスト》の名で、誓った以上、一度した約束は、破る事が出来ない。勿論、フランシス上人でも、いたのなら、またどうにかなる所だが、生憎《あいにく》、それも今は留守である。そこで、彼は、三日の間、夜《よ》の眼もねずに、悪魔の巧みの裏をかく手だてを考えた。それには、どうしても、あの植物の名を、知るより外に、仕方がない。しかし、フランシス上人でさえ、知らない名を、どこに知っているものが、いるであろう。……

牛商人は、とうとう、約束の期限の切れる晩に、又あの黄牛《あめうし》をひっぱって、そっと、伊留満の住んでいる家の側へ、忍んで行った。家は畑とならんで、往来に向っている。行って見ると、もう伊留満も寝しずまったと見えて、窓からもる灯《あかり》さえない。丁度、月はあるが、ぼんやりと曇った夜で、ひっそりした畑のそこここには、あの紫の花が、心ぼそくうす暗い中に、ほのめいている。元来、牛商人は、覚束《おぼつか》ないながら、一策を思いついて、やっとここまで、忍んで来たのであるが、このしんとした景色を見ると、何となく恐しくなって、いっそ、このまま帰ってしまおうかと云う気にもなった。殊《こと》に、あの戸の後《うしろ》では、山羊のような角のある先生が、因辺留濃《いんへるの》*の夢でも見ているのだと思うと、折角、はりつめた勇気も、意気地《いくじ》なく、くじけてしまう。が、体と魂とを、

「じゃぼ」の手に、渡す事を思えば、勿論、弱い音《ね》なぞを吐いているべき場合ではない。

そこで、牛商人は、毘留善麻利耶《びるぜんまりや》*の加護を願いながら、思い切って、予《あらかじめ》、もくろんで置いた計画を、実行した。計画と云うのは、別でもない。——ひいて来た黄牛の綱《はづな》を解いて、尻《しり》をつよく打ちながら、例の畑へ勢よく追いこんでやったのである。

牛は、打たれた尻の痛さに、跳ね上りながら、柵を破って、畑をふみ荒らした。角を家の板目《はめ》につきかけた事も、一度や二度ではない。その上、蹄《ひづめ》の音と、鳴く声とは、うすい夜の霧をうごかして、ものものしく、四方《あたり》に響き渡った。すると、窓の戸をあけて、顔を出したものがある。暗いので、顔はわからないが、伊留満に化けた悪魔には、相違ない。気のせいか、頭の角は、夜目ながら、はっきり見えた。

——この畜生、何《なん》だって、己《おれ》の煙草畑を荒らすのだ。

悪魔は、手をふりながら、睡《ね》むそうな声で、こう怒鳴った。寝入りばなの邪魔をされたのが、よくよく癪《しゃく》にさわったらしい。

が、畑の後《うしろ》へかくれて、容子を窺っていた牛商人の耳へは、悪魔のこの語が、泥烏《でう》須《す》*の声のように、響いた。……

——この畜生、何だって、己の煙草畑を荒らすのだ。

それから、先の事は、あらゆるこの種類の話のように、至極、円満に完《おわ》っている。即《すなわ》ち、牛商人は、首尾よく、煙草と云う名を、云いあてて、悪魔に鼻をあかさせた。そうして、その畑にはえている煙草を、悉《ことごと》く自分のものにした。と云うような次第である。

が、自分は、昔からこの伝説に、より深い意味がありはしないかと思っている。何《な》故《ぜ》と云えば、悪魔は、牛商人の肉体と霊魂とを、自分のものにする事は出来なかったが、その代《かわり》に、煙草は、洽《あま》く日本全国に、普及させる事が出来た。して見ると牛商人の救抜が、一面堕落を伴っているように、悪魔の失敗も、一面成功を伴っていはしないだろうか。悪魔は、ころんでも、ただは起きない。誘惑に勝ったと思う時にも、人間は存外、負けている事がありはしないだろうか。

＊　　　＊　　　＊

それから序《ついで》に、悪魔のなり行きを、簡単に、書いて置こう。彼は、フランシス上人が、帰って来ると共に、神聖なペンタグラマ＊の威力によって、とうとう、その土地から、逐払《おいはら》われた。が、その後も、やはり伊留満のなりをして、方々をさまよって、歩いたものらしい。或記録によると、彼は、南蛮寺《なんばんじ》＊の建立《こんりゅう》前後、京都にも、屡々《しばしば》出没したそうである。松永弾正《まつながだんじょう》*を翻弄《ほんろう》した例の果心居士《かしんこじ》*と云う男は、この悪魔だと云う説もあるが、これはラフカディオ・ヘルン*先生が書いているから、ここには、御免を蒙《こうむ》る事にしよう。それから、豊臣徳川両氏の外教禁遏《きんあつ》*に会って、始《はじめ》の中《うち》こそ、まだ、姿を現わしていたが、とうとう、しまいには、完《まった》く日本にいなくなった。——記録は、大体ここまでしか、悪魔の消息を語っていない。唯《ただ》、明治以後、再《ふたたび》、渡来した彼の動静を知る事が出来ないのは、返えす返えすも、遺憾である。……

さまよえる猶太《ユダヤ》人《びと》

基督《クリスト》教国にはどこにでも、「さまよえる猶太人」の伝説が残っている。伊太利《イタリイ》でも、仏蘭西《フランス》でも、英吉利《イギリス》でも、独逸《ドイツ》でも、墺太利《オウスタリ》でも、西班牙《スペイン》でも、この口碑*が伝わっていない国は、殆《ほとんど》一つもない。従って、古来これを題材にした、芸術上の作品も、沢山ある。グスタヴ・ドオレ*の画は勿論《もちろん》、ユウジァン・スウ*もドクタア・クロリイ*も、これを小説にした。モンク・ルイズ*のあの名高い小説の中にも、ルシファや「血をしたたらす尼」と共に「さまよえる猶太人」が出て来たように記憶する。最近では、フィオナ・マクレオドと称したウイリアム・シャアプ*が、これを材料にして、何とか云《い》う短篇を書いた。

では「さまよえる猶太人」とは何かと云うと、これはイエス・クリストの呪《のろい》を負って、最後の審判*の来る日を待ちながら、永久に漂浪を続けている猶太人の事である。名は記録によって一定しない。或《あるい》はカルタフィルスと云い、或はアハスフェルスと云い、或はブタデウスと云い、或は又イサク・ラクエデムと云っている。その上、職業もやはり、記録によってちがう。イエルサレム*にあるサンヘドリム*の門番だったと云うものもあれば、いやピラト*の下役だったと云うものもある。中には又、靴屋《くつや》だと云っているものもあった。が、呪を負うようになった原因については、大体どの記録も変りはない。彼は、ゴルゴタへひかれて行くクリストが、彼の家の戸口に立止って、暫《しばら》く息を入れようとした時に、無情にも罵詈《ばり》を浴せかけた上で、散々打擲《ちょうちゃく》を加えさえした。その時負うたのが、「行けと云うなら、行かぬでもないが、その代り、その方《ほう》はわしの帰るまで、待って居《お》れよ」と云う呪である。彼はこの後《のち》、パウロ*が洗礼を受けたのと同じアナニアス*の洗礼を受けて、ヨセフと云う名を貰《もら》った。が、一度負った呪は、世界滅却の日が来るまで、解かれない。現に彼が、千七百二十一年六月二十二日、ムウニッヒ*の市《まち》に現れた事は、ホオルマイエル*のタッシェン・ブウフ*の中に書いてある。——

これは近頃の事であるが、遠く文献を溯《さかのぼ》っても、彼に関する記録は、随所に発見される。その中で、最も古いのは、恐らくマシウ・パリス*の編纂《へんさん》したセント・アルバンスの修道院の年代記に出ている記事であろう。これによると、大アルメニア*の大僧正が、セント・アルバンスを訪れた時に、通訳の騎士《ナイト》が大僧正はアルメニアで屢々《しばしば》「さまよえる猶太人」と食卓を共にした事があると云ったそうである。次いでは、フランドルの歴史家、フィリップ・ムスク*が千二百四十二年に書いた、韻文の年代記*の中にも、同じような記事が見えている。だから、十三世紀以前には、少くとも人の視聴を聳《そばだ》たしめる程度に、彼は欧羅巴《ヨーロッパ》の地をさまよわなかったらしい。ところが、千五百五年になると、ボヘミア*で、ココトと云う機織りが、六十年以前にその祖父の埋めた財宝を彼の助けを借りて、発掘する事が出来た。そればかりではない。千五百四十七年には、シュレスウィッヒ*の僧正パウル・フォン・アイツェンと云う男が、ハムブルグ*の教会で彼が祈禱《きとう》をしているのに出遇《であ》った。それ以来、十八世紀の初期に至るまで、彼が南北両欧に亘《わた》って、姿を現したと云う記録は、甚《はなはだ》多い。最も明白な場合のみを挙げて見ても、千五百七十五年には、マドリッドに現れ、千五百九十九年には、ウインに現れ、千六百一年にはリウベック*、レヴェル*、クラカウ*の三カ所に現れた。ルドルフ・ボトレウスによれば、千六百四年頃には、パリに現れた事もあるらしい。それから、ナウムブルグ*やブラッセルを経て、ライプツィッヒ*を訪れ、千六百五十八年には、スタンフォド*のサムエル・ウォリスと云う肺病やみの男に、赤サルビアの葉を二枚に、羊蹄《ブラッドウアト》の葉を一枚、麦酒《ビイル》にまぜて飲むと、健康を恢復《かいふく》すると云う秘法を教えてやったそうである。次いで、前に云ったムウニッヒを過ぎて、再《ふたたび》英吉利に入り、ケムブリッヂやオックスフォオドの教授たちの質疑に答えた後、丁抹《デンマアク》から瑞典《スウェデン》へ行って、遂に踪跡《そうせき》がわからなくなってしまった。爾来《じらい》、今日まで彼の消息は、杳《よう》としてわからない。

「さまよえる猶太人」とは如何《いか》なるものか、彼は過去に於《お》いて、如何なる歴史を持っているか、こう云う点に関しては、如上《にょじょう》で、その大略を明《あきらか》にし得た事と思う。が、それを伝えるのみが、決して自分の目的ではない。自分は、この伝説的な人物に関して、嘗《かつ》て自分が懐《いだ》いていた二つの疑問を挙げ、その疑問が先頃偶然自分の手で発見された古文書によって、二つながら解決された事を公表したいのである。そうして、その古文書の内容をも併せて、ここに公表したいのである。先《まず》、第一に自分の懐いていた、二つの疑問とは何であるか。――

第一の疑問は、完《まった》く事実上の問題である。「さまよえる猶太人」は、殆どあらゆる基督教国《クリスト》に、姿を現した。それなら、彼は日本にも渡来した事がありはしないか。現代の日本は暫く措《お》いても、十四世紀の後半*に於て、日本の西南部は、大抵天主教を奉じていた。デルブロオ*のビブリオテエク・オリアンタアル*を見ると、「さまよえる猶太人」は、十六世紀の初期に当って、ファディラの率いるアラビアの騎兵が、エルヴァン*の市《まち》を陥《おとしい》れた時に、その陣中に現れて、Allah akubar《アラア　アクバアル》（神は大いなるかな）の祈禱を、ファディラと共にしたと云う事が書いてある。既に彼は、「東方」にさえ、その足跡を止《とど》めている。大名と呼ばれた封建時代の貴族たちが、黄金の十字架《くるす》を胸に懸けて、パアテル・ノステル*を口にした日本を、――貴族の夫人たちが、珊瑚《さんご》の念珠《こんたす》を爪繰《つまぐ》って、毘留善麻利耶《びるぜんまりあ》の前に跪《ひざまず》いた日本を、その彼が訪れなかったと云う筈《はず》はない。更に平凡な云い方をすれば、当時の日本にも、既に彼に関する伝説が、「ぎやまん*」や羅面琴《らべいか》*と同じように、輸入されていはしなかったか——と、こう自分は疑ったのである。

第二の疑問は、第一の疑問に比べると、聊《いささか》その趣を異にしている。「さまよえる猶太人」は、イエス・クリストに非礼を行った為に、永久に地上をさまよわなければならない運命を背負わせられた。が、クリストが十字架にかけられた時に、彼を窘《くるし》めたものは、独りこの猶太人ばかりではない。或ものは、彼に荊棘《いばら》の冠を頂かせた。或ものは、彼に紫の衣を纏《まと》わせた。又或ものはその十字架の上に、I・N・R・I*の札をうちつけた。石を投げ、唾《つば》を吐きかけたものに至っては、恐らく数えきれない程多かったのに違いない。*それが何故《なぜ》、彼ひとりクリストの呪を負ったのであろう。或はこの「何故」には、どう云う解釈が与えられているのであろう。——これが、自分の第二の疑問であった。

自分は、数年来この二つの疑問に対して、何等の手がかりをも得ずに、空《むな》しく東西の古文書を渉猟《しょうりょう》していた。が、「さまよえる猶太人」を取扱った文献の数は、非常に多い。自分がそれを悉《ことごと》く読破すると云う事は、少くとも日本にいる限り、全く不可能な事である。そこで、自分はとうとう、この疑問も結局答えられる事がないのかと云う気になった。ところが丁度そう云う絶望に陥りかかった去年の秋の事である。自分は最後の試みとして、両肥《りょうひ》及び平戸《ひらど》天草《あまくさ》の諸島を遍歴して、古文書の蒐集《しゅうしゅう》に従事した結果、偶然手に入れた文禄《ぶんろく》年間のMSS.の中から、遂に「さまよえる猶太人」に関する伝説を発見する事が出来た。その古文書の鑑定その他に関しては、今ここに叙説している暇《いとま》がない。唯《ただ》それは、当時の天主教徒の一人が伝聞した所を、その儘《まま》当時の口語で書き留めて置いた簡単な覚え書だと云う事を書いてさえ置けば十分である。

この覚え書によると、「さまよえる猶太人」は、平戸から九州の本土へ渡る船の中で、フランシス・ザヴィエルと邂逅《かいこう》した。その時、ザヴィエルは、「シメオン伊留満《いるまん》一人を御伴《おとも》に召され」ていたが、そのシメオンの口から、当時の容子《ようす》が信徒の間へ伝えられ、それが又次第に諸方へひろまって、遂には何十年か後に、この記録の筆者の耳へもはいるような事になったのである。もし筆者の言をその儘信用すれば「ふらんしす上人《しょうにん》さまよえるゆだやびとと問答の事」は、当時の天主教徒間に有名な物語の一つとして、屢《しばしば》説教の材料にもなったらしい。自分は、今この覚え書の内容を大体に亘って、紹介すると共に、二三、原文を引用して、上記の疑問の氷解した喜びを、読者とひとしく味《あじわ》いたいと思う。――

第一に、記録はその船が「土産の果物くさぐさを積」んでいた事を語っている。だから季節は恐らく秋であろう。これは、後段に、無花果《いちじく》云々《うんぬん》の記事が見えるのに徴しても、明《あきらか》である。それから乗合は外にはなかったらしい。時刻は、丁度昼であった。――筆者は本文へはいる前に、これだけの事を書いている。従ってもし読者が当時の状景を彷彿《ほうふつ》しようと思うなら、記録に残っている、これだけの箇条から、魚の鱗《うろこ》のように眩《まばゆ》く日の光を照り返している海面と、船に積んだ無花果や柘榴《ざくろ》の実と、そうしてその中に坐《すわ》りながら、熱心に話し合っている三人の紅毛人とを、読者自身の想像に描いて見るより外はない。何故と云えば、それらを活々《いきいき》と描写する事は、単なる一学究たる自分にとって、到底不可能な事だからである。

が、もし読者がそれに多少の困難を感ずるとすれば、ペックがその著「ヒストリイ・オヴ・スタンフォオド」の中で書いている「さまよえる猶太人」の服装を、大体ここに紹介するのも、読者の想像を助ける上に於て、或は幾分の効果があるかも知れない。ペックはこう云っている。「彼の上衣《うわぎ》は紫である。そうして腰まで、ボタンがかかっている。ズボンも同じ色で、やはり見た所古くはないらしい。靴下はまっ白であるが、リンネルか、毛織りか、見当がつかなかった。それから髯《ひげ》も髪も、両方とも白い。手には白い杖《つえ》を持っていた」――これは、前に書いた肺病やみのサムエル・ウォリスが、親しく目撃した所を、ペックが記録して置いたのである。だから、フランシス・ザヴィエルが遇《あ》った時も、彼は恐らくこれに類した服装をしていたのに違いない。

そこで、それがどうして、「さまよえる猶太人」だとわかったかと云うと、「上人の祈禱された時、その和郎《わろう》*も恭《うやうや》しく祈禱した」ので、フランシスの方から話をしかけたのだそうである。ところが、話して見ると、どうも普通の人間ではない。話すことと云い、話し振りと云い、その頃東洋へ浮浪して来た冒険家や旅行者とは、自《おのずか》ら容子がちがっている。「天竺《てんじく》*南蛮の今昔《こんじゃく》を、掌《たなごころ》にても指すように」指したので、「シメオン伊留満はもとより、上人御自身さえ舌を捲《ま》かれたそうでござる」そこで、「そなたは何処《いずこ》のものじゃと御訊《おたず》ねあったれば、一所不住《いっしょふじゅう》のゆだやびと」と答えた。が、上人も始めは多少、この男の真偽を疑いかけていたのであろう。「当来の波羅葦僧《はらいそ》にかけても、誓い申すべきや」と云ったら、相手が「誓い申すとの事故《ゆえ》、それより上人も打ちとけて、種々《くさぐさ》問答せられたげじゃ」と書いてあるが、その問答を見ると、最初の部分は、唯昔あった事実を尋ねただけで、宗教上の問題には、殆ど一つも触れていない。

それがウルスラ上人と一万一千の童貞少女が、「奉公の死」を遂げた話や、パトリック上人*の浄罪界*の話を経て、次第に今日の使徒行伝中《しとぎょうでん》*の話となり、進んでは、遂に御主耶蘇基督《おんあるじエス・クリスト》が、ゴルゴタで十字架《くるす》を負った時の話になった。丁度この話へ移る前に、上人が積荷の無花果を水夫に分けて貰って、「さまよえる猶太人」と一しょに、食ったと云う記事がある。前に季節の事に言及した時に引いたから、ここに書いて置くが、勿論大した意味がある訳ではない。――さて、その問答を見ると、大体下のような具合である。

上人「御主御受難の砌《みぎり》は、エルサレムにいられたか」

「さまよえる猶太人」「如何《いか》にも、眼《ま》のあたりに御受難の御有様を拝しました。元来それがしは、よせふと申して、えるされむに住む靴匠でござったが、当日は御主がぴらと殿の裁判《さばき》を受けられるとすぐに、一家のものどもを戸口へ呼び集めて、勿体なくも、御主の御悩みを、笑い興じながら、見物したものでござる」

記録の語る所によると、クリストは、「物に狂うたような群集の中を」、パリサイの徒*と祭司とに守られながら、十字架を背にした百姓の後について、よろめき、歩いて来た。肩には、紫の衣がかかっている。額には荊棘《いばら》の冠がのっている。そうして又、手や足には、鞭《むち》の痕《あと》や切り創《きず》が、薔薇《ばら》の花のように赤く残っている。が、眼だけは、ふだんと少しも変りがない。「日頃のように青く澄んだ御眼《おんめ》」は、悲しみも悦《よろこ》びも超越した、不思議な表情を湛《たた》えている。――これは、「ナザレの木匠《もくしょう》の子*」の教《おしえ》を信じない、ヨセフの心にさえ異常な印象を与えた。彼の言葉を借りれば、「それがしも、その頃やはり御主の眼を見る度に、何となくなつかしい気が起ったものでござる。大方死んだ兄と、よう似た眼をしていられたせいでもござろう」

その中《うち》にクリストは、埃《ほこり》と汗とにまみれながら、折から通りかかった彼の戸口に足を止めて、暫く息を休めようとした。そこには、鞣皮《なめしがわ》の帯をしめて、わざと爪を長くしたパリサイの徒もいた事であろうし、髪に青い粉をつけて、ナルドの油の匂《におい》をさせた娼婦《しょうふ》たちもいた事であろう。或は又、羅馬《ロオマ》の兵卒たちの持っている楯《たて》が、右からも左からも、眩く暑い日の光を照りかえしていたかも知れない。が、記録には唯、「多くの人々」と書いてある。そうして、ヨセフは、その「多くの人々の手前、祭司たちへの忠義ぶりが見せとうござったによって」クリストの足を止めたのを見ると、片手に子供を抱きながら、片手に「人の子」の肩を捕えて、ことさらに荒々しくこづきまわした。――「やがては、ゆるりと磔柱《はりき》にかかって、休まるる体じゃなど悪口《あっこう》し、あまつさえ手をあげて、打擲《ちょうちゃく》さえしたものでござる」

すると、クリストは、静《しず》に頭をあげて、叱《しか》るようにヨセフを見た。彼が死んだ兄に似ていると思った眼で、厳《おごそか》にじっと見たのである。「行けと云うなら、行かぬでもないが、その代り、その方はわしの帰るまで、待って居れよ」――クリストの眼を見ると共に、彼はこう云う語《ことば》が、熱風よりもはげしく、刹那《せつな》に彼の心へ焼けつくような気もちがした。クリストが、実際こう云ったかどうか、それは彼自身にも、はっきりわからない。が、ヨセフは、「この呪が心耳《しんじ》にとどまって、いても立っても居られぬような気に」なったのであろう。あげた手が自《おのずか》ら垂れ、心頭にあった憎しみが自ら消えると、彼は、子供を抱いた儘、思わず往来に跪《ひざまず》いて、爪を剥《は》がしているクリストの足に、恐る恐る脣《くちびる》をふれようとした。が、もう遅い。クリストは、兵卒たちに追い立てられて、既に五六歩彼の戸口を離れている。ヨセフは、茫然《ぼうぜん》として、ややともすると群集にまぎれようとする御主の紫の衣を見送った。そうして、それと共に、云いようのない後悔の念が、心の底から動いて来るのを意識した。しかし、誰一人彼に同情してくれるものはない。彼の妻や子でさえも、彼のこの所作を、やはり荊棘の冠をかぶらせるのと同様、クリストに対する嘲弄《ちょうろう》だと解釈した。まして往来の人々が、愈々《いよいよ》面白そうに笑い興じたのは、無理もない話である。――石をも焦がすようなエルサレムの日の光の中に、濛々《もうもう》と立騰《たちのぼ》る砂塵《さじん》をあびせて、ヨセフは眼に涙を浮べながら、腕の子供を何時《いつ》か妻に抱きとられてしまったのも忘れて、何時までも跪いた儘、動かなかった。……

「されば恐らく、えるされむは広しと云え、御主を辱《はずかし》めた罪を知っているものは、それがしひとりでござろう。罪を知ればこそ、呪もかかったのでござる。罪を罪とも思わぬものに、天の罰が下ろうようはござらぬ。云わば、御主を磔柱《はりき》にかけた罪は、それがしひとりが負うたようなものでござる。但《ただ》し罰をうければこそ、贖《あがな》いもあると云う次第ゆえ、やがて御主の救抜を蒙《こうむ》るのも、それがしひとりにきわまりました。罪を罪と知るものには、総じて罰と贖いとが、ひとつに天から下るものでござる」――「さまよえる猶太人」は、記録の最後で、こう自分の第二の疑問に答えている。この答の当否を穿鑿《せんさく》する必要は、暫《しばら》くない。兎《と》も角《かく》も答を得たと云う事が、それだけで既に自分を満足させてくれるからである。

「さまよえる猶太人」に関して、自分の疑問に対する答を、東西の古文書の中に発見した人があれば、自分は切に、その人が自分の為に高教を吝《おし》まない事を希望する。又自分としても、如上の記述に関する引用書目を挙げて、聊《いささか》この小論文の体裁を完全にしたいのであるが、生憎《あいにく》そうするだけの余白が残っていない。自分は唯ここに、「さまよえる猶太人」の伝記の起源が、馬太伝《またい》*の第十六章二十八節と馬可伝《まるこ》*の第九章一節とにあると云うベリンググッドの説を挙げて、一先ずペンを止《とど》める事にしようと思う。

奉教人*の死

たとひ三百歳の齢《よはひ》を保ち、楽しみ身に余ると云《い》ふとも、未来永々の果しなき楽しみに比ぶれば、夢幻《ゆめまぼろし》の如《ごと》し。

——（慶長訳 Guia do Pecador）*——

善の道に立ち入りたらん人は、御教《みをしへ》にこもる不可思議の甘味*を覚ゆべし。

——（慶長訳 Imitatione Christi）*——

一

去《さ》んぬる頃、日本長崎の「さんた・るちや」と申す「えけれしや」（寺院）*に、「ろおれんぞ」*と申すこの国の少年がござった。これは或年《あるとし》御降誕の祭の夜、*その「えけれしや」の戸口に、餓《う》え疲れてうち伏して居《お》ったを参詣《さんけい》の奉教人衆が介抱し、それより伴天連《ばてれん》の憐《あわれ》みにて、寺中に養われる事となったげでござるが、何故《なぜ》かその身の素性《すじょう》を問えば、故郷《ふるさと》は「はらいそ」（天国）父の名は「でうす」（天主）などと、何時《いつ》も事もなげな笑《わらい》に紛《まぎ》らいて、とんとまことは明した事もござない。なれど親の代から「ぜんちょ」（異教徒）*の輩《やから》であらなんだ事だけは、手くびにかけた青玉の「こんたつ」

（念珠《ねんじゅ》）*を見ても、知れたと申す。されば伴天連はじめ、多くの「いるまん」衆（法兄弟）も、よも怪しいものではござるまいと、おぼされて、ねんごろに扶持《ふち》して置かれたが、その信心の堅固なは、幼いにも似ず「すぺりおれす」（長老衆）*が舌を捲《ま》くばかりであったれば、一同も「ろおれんぞ」は天童*の生れがわりであろうずなど申し、いずくの生れ、たれの子とも知れぬものを、無下《むげ》にめでいつくしんで居ったげでござる。

して又この「ろおれんぞ」は顔かたちが玉のように清らかであったに、声ざまも女のように優しかったれば、一しお人々のあわれみを惹《ひ》いたのでござろう。中でもこの国の「いるまん」に「しめおん」*と申したは、「ろおれんぞ」を弟のようにもてなし、「えけれしや」の出入りにも、必《かならず》仲よう手を組み合せて居った。この「しめおん」は元さる大名に仕えた、槍《やり》一すじの家*がらなものじゃ。されば身のたけも抜群なに、性《しょう》得《とく》の剛力《ごうりき》であったに由《よ》って、伴天連が「ぜんちょ」ばらの石瓦《いしがわら》にうたるるを、防いで進ぜた事も、一度二度の沙汰《さた》ではござない。それが「ろおれんぞ」と睦《むつま》じゅうするさまは、とんと鳩《はと》になずむ荒鷲《あらわし》のようであったとも申そうか。或《あるい》は「ればのん」*山の檜《ひのき》に、葡萄《えび》かずらが纏《まと》いついて、花咲いたようであったとも申そうず。

さる程に三年あまりの年月は、流るるようにすぎたに由って、「ろおれんぞ」はやがて元服もすべき時節となった。したがその頃怪しげな噂《うわさ》が伝わったと申すは「さんた・るちや」から遠からぬ町方の傘張《かさはり》の娘が、「ろおれんぞ」と親しゅうすると云《い》う事じゃ。この傘張の翁《おきな》も天主の御教《みおしえ》を奉ずる人故《ゆえ》、娘ともども「えけれしや」へは参る慣《ならわし》であったに、御祈《おんいのり》の暇にも、娘は香炉《こうろ》をさげた「ろおれんぞ」の姿から、眼を離したと申す事がござない。まして「えけれしや」への出入りには、必《かならず》髪かたちを美しゅうして、「ろおれんぞ」のいる方へ眼づかいをするが定《じょう》であった。さればおのずと奉教人衆の人目にも止り、娘が行きずりに「ろおれんぞ」の足を踏んだと云い出すものもあれば、二人が艶書《えんしょ》をとりかわすをしかと見とどけたと申すものも出て来たげでござる。

由って伴天連にも、すて置かれず思《おぼ》されたのでござろう。或日「ろおれんぞ」を召されて、白ひげを噛《か》みながら、「その方、傘張の娘と兎角《とかく》の噂ある由《よし》を聞いたが、よもやまことではあるまい。どうじゃ」ともの優しゅう尋ねられた。したが「ろおれんぞ」は、唯憂《ただうれ》わしげに頭《かしら》を振って、「そのような事は一向に存じよう筈《はず》もござらぬ」と、涙声に繰返すばかり故、伴天連もさすがに我《が》を折られて、年配と云い、日頃の信心と云い、こうまで申すものに偽《いつわり》はあるまいと思されたげでござる。

さて一応伴天連の疑《うたがい》は晴れてじゃが、「さんた・るちや」へ参る人々の間では、容易に、とこうの沙汰が絶えそうもござない。されば兄弟同様にして居った「しめおん」の気がかりは、又人一倍じゃ。始《はじめ》はかような淫《みだら》な事を、もののしゅう詮議《せんぎ》立てするが、おのれにも恥しゅうて、うちつけに尋*ねようは元より、「ろおれんぞ」の顔さえまさかとは見られぬ程*であったが、或時「さんた・るちや」の後《うしろ》の庭で、「ろおれんぞ」へ宛《あ》てた娘の艶書を拾うたに由って、人気ない部屋にいたを幸《さいわい》、「ろおれんぞ」の前にその文《ふみ》をつきつけて、嚇《おど》しつ賺《すか》しつ、さまざまに問いただいた。なれど「ろおれんぞ」は唯、美しい顔を赤らめて、「娘は私に心を寄せましたげでござれど、私は文を貰《もろ》うたばかり、とんと口を利《き》いた事もござらぬ」と申す。なれど世間のそしりもある事でござれば、「しめおん」は猶《なお》も押して問い詰《なじ》ったに、「ろおれんぞ」はわびしげな眼で、じっと相手を見つめたと思えば、「私はお主《ぬし》にさえ、嘘《うそ》をつきそうな人間に見えるそうな」と咎《とが》めるように云い放って、とんと燕《つばくら》か何ぞのように、その儘《まま》つと部屋を出て行ってしもうた。こう云われて見れば、「しめおん」も己の疑深かったのが恥しゅうもなったに由って、悄々《すごすご》その場を去ろうとしたに、いきなり駈けこんで来たは、少年の「ろおれんぞ」じゃ。それが飛びつくように「しめおん」の頭を抱くと、喘《あえ》ぐように「私が悪かった。許して下されい」と、囁《ささや》いて、こなたが一言も答えぬ間に、涙に濡《ぬ》れた顔を隠そう為か、相手をつきのけるように身を開いて、一散に又元来た方へ、走って往《い》んでしもうたと申す。されば　その「私が悪かった」と囁いたのも、娘と密通したのが、悪かったと云うのやら、或は「しめおん」につれのうしたのが悪かったと云うのやら、一円*合点《がてん》の致そうようがなかったとの事でござる。するとその後間《ま》ものう起ったのは、その傘張の娘が孕《みごも》ったと云う騒ぎじゃ。しかも腹の子の父親は、「さんた・るちや」の「ろおれんぞ」じゃと、正《まさ》しゅう父の前で申したげでござる。されば傘張の翁は火のように憤《おこ》って、即刻伴天連のもとへ委細を訴えに参った。こうなる上は「ろおれんぞ」も、かつふつ*云い訳の致しようがござない。その日の中に伴天連を始め、「いるまん」衆一同の談合に由って、破門を申し渡される事になった。元より破門の沙汰がある上は、伴天連の手もとを追い払われる事でござれば、糊口《ここう》のよすがに*困るのも目前じゃ。したがかような罪人を、この儘「さんた・るちや」に止めて置いては、御主《おんあるじ》の「ぐろおりや」（栄光）*にも関《かかわ》る事ゆえ、日頃親しゅう致いた人々も、涙をのんで「ろおれんぞ」を追い払ったと申す事でござる。

その中でも哀れをとどめたは、兄弟のようにして居った「しめおん」の身の上じゃ。これは「ろおれんぞ」が追い出されると云う悲しさよりも、「ろおれんぞ」に欺かれたと云う腹立たしさが一倍故、あのいたいけな少年が*、折からの凩《こがらし》が吹く中へ、しおしおと戸口を出かかったに、傍《かたわら》から拳《こぶし》をふるうて、したたかその美しい顔を打った。

「ろおれんぞ」は剛力に打たれたに由って、思わずそこへ倒れたが、やがて起きあがると、涙ぐんだ眼で、空を仰ぎながら、「御主《おんあるじ》も許させ給《たま》え。『しめおん』は、己《おの》が仕《し》業《わざ》もわきまえぬものでござる」と、わななく声で祈ったと申す事じゃ。「しめおん」もこれには気が挫《くじ》けたのでござろう。暫《しばら》くは唯戸口に立って、拳を空にふるうて居ったが、その外の「いるまん」衆も、いろいろととりないたれば、それを機会《しお》に手を束《つか》ねて、嵐《あらし》も吹き出《い》でようず空の如く、凄《すさま》じく顔を曇らせながら、悄々《すごすご》「さんた・るちや」の門《かど》を出る「ろおれんぞ」の後姿を、貪《むさぼ》るようにきっと見送って居った。その時居合わせた奉教人衆の話を伝え聞けば、時しも凩にゆらぐ日輪が、うなだれて歩む「ろおれんぞ」の頭《かしら》のかなた、長崎の西の空に沈もうず景色であったに由って、あの少年のやさしい姿は、とんと一天の火焔《かえん》の中に、立ちきわまったように見えたと申す。

その後の「ろおれんぞ」は、「さんた・るちや」の内陣に香炉をかざした昔とは打って変って、町はずれの非人小屋に起き伏しする、世にも哀れな乞食《こつじき》であった。ましてその前身は、「ぜんちょ」の輩《ともがら》には*えとりのようにさげしまるる、*天主の御教を奉ずるものじゃ。されば町を行けば、心ない童部《わらべ》に嘲《あざけ》らるるは元より、刀杖瓦石《とうじょうがせき》の難*に遭《お》うた事も、度々《どど》ござるげに聞き及んだ。いや、嘗《か》つては、長崎の町にはびこった、恐しい熱病にとりつかれて、七日七夜の間、道ばたに伏しまろんでは、苦み悶《もだ》えたとも申す事でござる。したが、「でうす」無量無辺の御愛憐《ごあいれん》は、その都度「ろおれんぞ」が一命を救わせ給うたのみか、施物の米銭のない折々には、山の木《こ》の実《み》、海の魚貝など、その日の糧《かて》を恵ませ給うのが常であった。由って「ろおれんぞ」も、朝夕の祈は「さんた・るちや」に在った昔を忘れず、手くびにかけた「こんたつ」*も、青玉の色を変えなかったと申す事じゃ。なんのそれのみか、夜毎《よごと》に更闌《こうた》けて人音も静まる頃となれば、この少年はひそかに町はずれの非人小屋を脱け出《いだ》いて、月を踏んで住み馴《な》れた「さんた・るちや」へ、御主「ぜす・きりしと」*の御加護を祈りまいらせに詣《もう》でて居った。

なれど同じ「えけれしや」に詣ずる奉教人衆も、その頃はとんと、「ろおれんぞ」を疎《うと》んじはてて、伴天連はじめ、誰一人憐みをかくるものもござらなんだ。ことわりかな、破門の折から所行無慚《むざん》*の少年と思いこんで居ったに由って、何として夜毎に、独り「えけれしや」へ参る程の、信心ものじゃとは知らりょうぞ。これも「でうす」千万無量の御計らいの一つ故、よしない儀*とは申しながら、「ろおれんぞ」が身にとっては、いみじくも亦《また》哀れな事でござった。

さる程に、こなたはあの傘張の娘じゃ。「ろおれんぞ」が破門されると間もなく、月も満たず女の子を産み落いたが、さすがにかたくなしい父の翁も、初孫《ういまご》の顔は憎からず思うたのでござろう、娘ともども大切に介抱して、自ら抱《いだ》きもし、かかえもし、時にはもてあそびの人形などもとらせたと申す事でござる。翁は元よりさもあろうずなれど、ことに稀有《けう》なは「いるまん」の「しめおん」じゃ。あの「じゃぼ」（悪魔）をも挫《ひし》ごうず大男が、娘に子が産まれるや否《いな》や、暇ある毎に傘張の翁を訪れて、無骨な腕《かいな》に幼子を抱き上げては、にがにがしげな顔に涙を浮べて、弟と愛《いつく》しんだ、あえかな「ろおれんぞ」の優姿《やさすがた》を、思い慕って居ったと申す。唯、娘のみは、「さんた・るちや」を出《い》でてこの方、絶えて「ろおれんぞ」が姿を見せぬのを、怨《うら》めしゅう歎《なげ》きわびた気色《けしき》であったれば、「しめおん」の訪れるのさえ、何かと快からず思うげに見えた。

この国の諺《ことわざ》にも、光陰に関守《せきもり》なし＊と申す通り、とこうする程に、一年《ひととせ》あまりの年月は、瞬《またた》くひまに過ぎたと思召《おぼしめ》されい。ここに思いもよらぬ大変が起ったと申すは、一夜の中に長崎の町の半ばを焼き払った、あの大火事のあった事じゃ。＊まことにその折の景色の凄《すさま》じさは、末期《まつご》の御裁判《おんさばき》の喇叭《らっぱ》の音《ね》が、＊一天の火の光をつんざいて、鳴り渡ったかと思われるばかり、世にも身の毛のよだつものでござった。その時、あの傘張の翁の家は、運悪う風下にあったに由って、見る見る焰《ほのお》に包まれたが、さて親子眷族《けんぞく》＊、慌《あわ》てふためいて、逃げ出《いだ》いて見れば、娘が産んだ女の子の姿が見えぬと云う始末ずじゃ。一定《いちじょう》*、一間《ひとま》どころに寝かいて置いたを、忘れてここまで逃げのびたのであろう。されば翁は足ずりをして罵《ののし》りわめく。娘も亦《また》、人に遮《さえぎ》られずば、火の中へも馳《は》せ入って、助け出そう気色に見えた。なれど風は益《ますます》加わって、焔の舌は天上の星をも焦そうず吼《たけ》りようじゃ。それ故火を救いに集った町方の人々も、唯、あれよあれよと立ち騒いで、狂気のような娘をとり鎮《しず》めるより外に、せん方も亦あるまじい。所へひとり、多くの人を押しわけて、駈けつけて参ったは、あの「いるまん」の「しめおん」でござる。これは矢玉の下もくぐったげな、逞《たくま》しい大丈夫でござれば、ありようを見るより早く、勇んで焔の中へ向うたが、あまりの火勢に辟易《へきえき》致いたのでござろう。二三度煙をくぐったと見る間に、背《そびら》をめぐらして、一散に逃げ出いた。して翁と娘とが佇《たたず》んだ前へ来て、「これも『でうす』万事にかなわせたもう御計らいの一つじゃ。詮《せん》ない事とあきらめられい」と申す。その時翁の傍《かたわら》から、誰とも知らず、高らかに「御主、助け給え」と叫ぶものがござった。声ざまに聞き覚えもござれば、「しめおん」が頭《こうべ》をめぐらして、その声の主をきっと見れば、いかな事、これは紛《まが》いもない「ろおれんぞ」じゃ。清らかに瘦《や》せ細った顔は、火の光に赤うかがやいて、風に乱れる黒髪も、肩に余るげに思われたが、哀れにも美しい眉目《みめ》のかたちは、一目見てそれと知られた。その「ろおれんぞ」が、乞食《こつじき》の姿のまま、群《むらが》る人々の前に立って、目もはなたず燃えさかる家を眺めて居《お》る。と思うたのは、まことに瞬く間もない程じゃ。一しきり焔を煽《あお》って、恐しい風が吹き渡ったと見れば、「ろおれんぞ」の姿はまっしぐらに、早くも火の柱、火の壁、火の梁《うつばり》の中にはいって居った。「しめおん」は思わず遍身に汗を流いて、空高く「くるす」（十字）を描きながら、己も「御主、助け給え」と叫んだが、何故かその時心の眼には、凩に揺る日輪の光を浴びて、「さんた・るちや」の門に立ちきわまった、美しく悲しげな、「ろおれんぞ」の姿が浮んだと申す。

なれどあたりに居った奉教人衆は、「ろおれんぞ」が健気《けなげ》な振舞に驚きながらも破戒の昔を忘れかねたのでもござろう。忽《たちまち》兎角の批判は風に乗って、人どよめきの上を渡って参った。と申すは、「さすが親子の情あいは争われぬものと見えた。己《おの》が身の罪を恥じて、このあたりへは影も見せなんだ『ろおれんぞ』が、今こそ一人子《ひとりご》の命を救おうとて、火の中へはいったぞよ」と、誰ともなく罵りかわしたのでござる。これには翁さえ同心と覚えて、「ろおれんぞ」の姿を眺めてからは、怪しい心の騒ぎを隠そうず為か、立ちつ居つ身を悶《もだ》えて、何やら愚しい事のみを、声高《こわだか》にひとりわめいて居った。なれど当の娘ばかりは、狂おしく大地に跪《ひざまず》いて、両の手で顔をうずめながら、一心不乱に祈誓を凝らいて、身動きをする気色さえもござない。その空には火の粉が雨のように降りかかる。煙も地を掃《はら》って、面《おもて》を打った。したが、娘は黙然と頭《こうべ》を垂れて、身も世も忘れた祈り三昧《ざんまい》でござる。

とこうする程に、再《ふたたび》火の前に群った人々が、一度にどっとどよめくかと見れば、髪をふり乱いた「ろおれんぞ」が、もろ手に幼子をかい抱いて、乱れとぶ焔の中から、天《あま》くだるように姿を現《あらわ》いた。なれどその時、燃え尽きた梁《うつばり》の一つが、俄《にわか》に半ばから折れたのでござろう。凄じい音と共に、一なだれの煙焔が半空《なかぞら》に迸《ほとばし》ったと思う間もなく、「ろおれんぞ」の姿ははたと見えずなって、跡には唯火の柱が、珊瑚《さんご》の如くそば立ったばかりでござる。

あまりの凶事に心も消えて、「しめおん」をはじめ翁まで、居あわせた程の奉教人衆は、皆目の眩《くら》む思いがござった。中にも娘はけたたましゅう泣き叫んで、一度は脛《はぎ》もあらわに躍り立ったが、やがて雷《いかずち》に打たれた人のように、そのまま大地にひれふしたと申す。さもあらばあれ、ひれふした娘の手には、何時《いつ》かあの幼い女の子が、生死不定の姿ながら、ひしと抱かれて居ったをいかにしようぞ。ああ、広大無辺なる「でうす」の御知慧《おんちえ》、御力は、何とたとえ奉《たてまつ》る詞《ことば》だにござない。燃え崩れる梁《うつばり》に打たれながら、「ろおれんぞ」が必死の力をしぼって、こなたへ投げた幼子は、折よく娘の足もとへ、怪我もなくまろび落ちたのでござる。

されば娘が大地にひれ伏して、嬉し涙に咽《むせ》んだ声と共に、もろ手をさしあげて立った翁の口からは、「でうす」の御慈悲をほめ奉る声が、自《おのずか》らおごそかに溢《あふ》れて参った。いや、まさに溢れようずけはいであったとも申そうか。それより先に「しめおん」は、さかまく火の嵐の中へ、「ろおれんぞ」を救おうず一念から、真一文字に躍りこんだに由って、翁の声は再《ふたたび》気づかわしげな、いたましい祈りの詞《ことば》となって、夜空に高くあがったのでござる。これは元より翁のみではござない。親子を囲んだ奉教人衆は、皆一同に声を揃《そろ》えて、「御主、助け給え」と、泣く泣く祈りを捧《ささ》げたのじゃ。して「びるぜん・まりや」の御子《みこ》、なべての人の苦しみと悲しみとを己《おの》がものの如くに見そなわす、われらが御主「ぜす・きりしと」は、遂にこの祈りを聞き入れ給うた。見られい。むごたらしゅう焼けただれた「ろおれんぞ」は、「しめおん」が腕《かいな》に抱かれて、早くも火と煙とのただ中から、救い出されて参ったではないか。

なれどその夜の大変は、これのみではござなんだ。息も絶え絶えな「ろおれんぞ」が、とりあえず奉教人衆の手に舁《か》かれて、風上にあったあの「えけれしや」の門《かど》へ横《よこた》えられた時の事じゃ。それまで幼子を胸に抱きしめて、涙にくれていた傘張の娘は、折から門へ出でられた伴天連の足もとに跪くと、並み居る人々の目前で、「この女子は『ろおれんぞ』様の種ではおじゃらぬ。まことは妾《わらわ》が家隣《いえどなり》の『ぜんちょ』の子と密通して、もうけた娘でおじゃるわいの」と、思いもよらぬ「こいさん」（懺悔《ざんげ》）*を仕《つかまつ》った。その思いつめた声《こわ》ざまの震えと申し、その泣きぬれた双の眼のかがやきと申し、この「こいさん」には、露ばかりの偽《いつわり》さえ、あろうとは思われ申さぬ。道理《ことわり》かな、肩を並べた奉教人衆は、天を焦がす猛火も忘れて、息さえつかぬように声を呑《の》んだ。

娘が涙をおさめて申し次いだは、「妾は日頃『ろおれんぞ』様を恋い慕うて居ったなれど、御信心の堅固さからあまりにつれなくもてなされる故、つい怨む心も出て、腹の子を『ろおれんぞ』様の種と申し偽り、妾につらかった口惜《くや》しさを思い知らそうと致いたのでおじゃる。なれど『ろおれんぞ』様の御心の気高《けだか》さは、妾が大罪をも憎ませ給わいで、今宵《こよい》は御身の危さをもうち忘れ、『いんへるの』（地獄）にもまごう火《か》焔《えん》の中から、妾娘の一命を辱《かたじけな》くも救わせ給うた。その御憐み、御計らい、まことに御主『ぜす・きりしと』の再来かともおがまれ申す。さるにても妾が重々の極悪《ごくあく》を思えば、この五体は忽《たちまち》『じゃぼ』の爪《つめ》にかかって、寸々に裂かれようとも、中々怨む所はおじゃるまい」娘は「こいさん」を致いも果てず、大地に身を投げて泣き伏した。

二重三重《ふたえみえ》に群った奉教人衆の間から、「まるちり」（殉教）*じゃ、「まるちり」じゃと云う声が、波のように起ったのは、丁度この時の事でござる。殊勝にも「ろおれんぞ」は、罪人*を憐む心から、御主「ぜす・きりしと」の御行跡を踏んで、乞食にまで身を落いた。して父と仰ぐ伴天連も、兄とたのむ「しめおん」も、皆その心を知らなんだ。これが「まるちり」でのうて、何でござろう。

したが、当の「ろおれんぞ」は、娘の「こいさん」を聞きながらも、僅《わずか》に二三度頷《うなず》いて見せたばかり、髪は焼け肌は焦げて、手も足も動かぬ上に、口をきこう気色さえも、今は全く尽きたげでござる。娘の「こいさん」に胸を破った翁と「しめおん」とは、その枕《まくら》がみに蹲《うずくま》って、何かと介抱を致いて居ったが、「ろおれんぞ」の息は、刻々に短うなって、最期ももはや遠くはあるまじい。唯、日頃と変らぬのは、遥《はるか》に天上を仰いで居る、星のような瞳《ひとみ》の色ばかりじゃ。

やがて娘の「こいさん」に耳をすまされた伴天連は、吹き荒《すさ》ぶ夜風に白ひげをなびかせながら、「さんた・るちや」の門《かど》を後《うしろ》にして、おごそかに申されたは、「悔い改むるものは、幸《さいわい》じゃ。何しにその幸なものを、人間の手に罰しようぞ。これより益《ます》〻《ます》、『でうす』の御戒《おんいましめ》を身にしめて、心静に末期の御裁判《おさばき》の日を待ったがよい。又『ろおれんぞ』がわが身の行儀を、御主『ぜす・きりしと』とひとしくし奉ろうず志はこの国の奉教人衆の中にあっても、類稀《たぐいまれ》なる徳行でござる。別して少年の身とは云い——」ああ、これは又何とした事でござろうぞ。ここまで申された伴天連は、俄にはたと口を噤《つぐ》んで、あたかも「はらいそ」の光を望んだように、じっと足もとの「ろおれんぞ」の姿を見守られた。その恭《うやうや》しげな容子《ようす》は、どうじゃ。その両の手のふるえざまも、尋常《よのつね》の事ではござるまい。おう、伴天連のからびた頬の上には、とめどなく涙が溢れ流れるぞよ。見られい。「しめおん」。見られい。傘張の翁。御主「ぜす・きりしと」の御血潮よりも赤い、火の光を一身に浴びて、声もなく「さんた・るちや」の門に横わった、いみじくも美しい少年の胸には、焦げ破れた衣のひまから、清らかな二つの乳房が、玉のように露《あらわ》れて居るではないか。今は焼けただれた面輪《おもわ》にも、自《おのずか》らなやさしさは、隠れようすべもあるまじい。おう、「ろおれんぞ」は女じゃ。「ろおれんぞ」は女じゃ。見られい。猛火《みょうか》を後にして、垣《かき》のように佇《たたず》んでいる奉教人衆。邪淫《じゃいん》の戒を破ったに由って「さんた・るちや」を逐《お》われた「ろおれんぞ」は、傘張の娘と同じ、眼《ま》なざしのあでやかなこの国の女じゃ。

まことにその刹那《せつな》の尊い恐しさは、あだかも「でうす」の御声が、星の光も見えぬ遠い空から、伝わって来るようであったと申す。されば「さんた・るちや」の前に居並んだ奉教人衆は、風に吹かれる穂麦のように、誰からともなく頭《こうべ》を垂れて、悉《ことごと》く「ろおれんぞ」のまわりに跪いた。その中で聞えるものは、唯、空をどよもして燃えしきる、万丈の焔の響ばかりでござる。いや、誰やらの啜《すす》り泣く声も聞えたが、それは傘張の娘でござろうか。或《あるい》は又自ら兄とも思うた、あの「いるまん」の「しめおん」でござろうか。やがてその寂寞《じゃくまく》たるあたりをふるわせて、「ろおれんぞ」の上に高く手をかざしながら、伴天連の御経《おんきょう》を誦《ず》せられる声が、おごそかに悲しく耳にはいった。して御経の声がやんだ時、「ろおれんぞ」と呼ばれた、この国のうら若い女は、まだ暗い夜のあなたに、「はらいそ」の「ぐろおりや」を仰ぎ見て、安らかなほほ笑みを脣《くちびる》に止《とど》めたまま、静に息が絶えたのでござる。……

その女の一生は、この外に何一つ、知られなんだげに聞き及んだ。なれどそれが、何事でござろうぞ。なべて人の世の尊さは、何ものにも換え難い、刹那の感動に極《きわま》るものじゃ。暗夜《やみよ》の海にも譬《たと》えようず煩悩心《ぼんのうしん》の空に一波《いっぱ》をあげて、未《いま》だ出ぬ月の光を、水沫《みなわ》の中へ捕えてこそ、生きて甲斐《かい》ある命とも申そうず。されば「ろおれんぞ」が最後を知るものは「ろおれんぞ」の一生を知るものではござるまいか。

二

予が所蔵に関る、長崎耶蘇会《やそかい》出版の一書、題して「れげんだ・おうれあ」と云う。*蓋《けだ》し、LEGENDA AUREA* の意なり。されど内容は必しも、西欧の所謂《いわゆる》「黄金伝説」*ならず。彼土《かのど》の使徒聖人が言行を録すると共に、併せて本邦西教徒が勇猛精進の事蹟《じせき》をも採録し、以《もっ》て福音《ふくいん》伝道の一助たらしめんとせしものの如し。

体裁は上下二巻、美濃紙《みのがみ》摺草体交《ずりそうたいまじ》り平仮名文にして、印刷甚しく鮮明を欠き、活字なりや否やを明《あきらか》にせず。上巻の扉には、羅甸字《らてん》にて書名を横書し、その下に漢字にて「御出世以来千五百九十六年、慶長二年三月上旬鏤刻也《るこくなり》*」の二行を縦書す。年代の左右には喇叭《らっぱ》を吹ける天使の画像あり。技巧頗《すこぶる》幼稚なれども、亦掬《きく》す可《べ》き趣致なしとせず。下巻も扉に「五月中旬鏤刻也」の句あるを除いては、全く上巻と異同なし。

両巻とも紙数は約六十頁にして、載する所の黄金伝説は、上巻八章、下巻十章を数う。その他各巻の巻首に著者不明の序文及《および》羅甸字を加えたる目次あり。序文は文章雅馴《がじゅん》*ならずして、間々欧文を直訳せる如き語法を交え、一見その伴天連たる西人の手になりしやを疑わしむ。

以上採録したる「奉教人の死」は、該《がい》「れげんだ・おうれあ」下巻第二章に依るものにして、恐らくは当時長崎の一西教寺院に起りし、事実の忠実なる記録ならんか。但《ただし》、記事中の大火なるものは、「長崎港草*」以下諸書に徴するも、その有無をすら明にせざるを以て、事実の正確なる年代に至っては、全くこれを決定するを得ず。

予は「奉教人の死」に於て、発表の必要上、多少の文飾を敢《あえ》てしたり。もし原文の平易雅馴なる筆致にして、甚しく毀損《きそん》せらるる事なからんか、予の幸甚《こうじん》とする所なりと云爾《しかいう》*。

るしへる

天主初成世界　随造三十六神　第一鉅神　云輅斉布児《るしへる》（中略）　自謂其智与天主等　天主怒
面貶入地獄（中略）　輅斉雖入地獄受苦　而一半魂神作魔鬼遊行世間　退人善念
——左闢第三闢裂性中艾儒略荅許大受語——

一

破提宇子《はでうす》*と云ふ天主教を弁難した書物のある事は、知つてゐる人も少くあるまい。これは、元和《げんな》六年、加賀の禅僧巴毗弇《はびあん》なるもの*の著した書物である。巴毗弇は当初南蛮寺《なんばんじ》に住した天主教徒であつたが、その後何かの事情から、DS如来《でうすにょらい》を捨てゝ仏門に帰依《きえ》する事になつた。書中に云つてゐる所から推すと、彼は老儒の学*にも造詣《ぞうけい》のある、一かどの才子だつたらしい。*

破提宇子の流布本《るふほん》は、華頂山文庫《くわちやうさんぶんこ》*の蔵本を、明治戊辰《ぼしん》の頃、杞憂道人《きいうだうじんう》鵜飼徹定《がひてつぢやう》の序文と共に、出版したものである。が、その外にも異本がない訳ではない。現に予が所蔵の古写本*の如きは、流布本と内容を異にする個所が多少ある。
中でも同書の第三段は、悪魔の起源を論じた一章であるが、流布本のそれに比して、予の蔵本では内容が遥《はるか》に多い。巴毗弇自身の目撃した悪魔の記事が、あの辛辣《しんらつ》な弁難攻撃の間に態々《わざわざ》引証されてあるからである。この記事が流布本に載せられてゐない理由は、恐らくその余りに荒唐無稽《くわうたうむけい》に類する所から、かう云ふ破邪顕正《はじやけんしやう》*を標榜《へうばう》する書物の性質上、故意の脱漏を利としたからでもあらうか。

予は以下にこの異本第三段を紹介して、聊《いささか》巴毗弇の前に姿を現した、日本のDiabolus*を一瞥《いちべつ》しようと思ふ。猶《なほ》巴毗弇に関して、詳細を知りたい人は、新村博士《しんむらはかせ》の巴毗弇に関する論文*を一読するが好い。

二

提宇子《でうす》のいはく*、DS《でうす》は「すひりつあるすすたんしや*」とて、無色無形の実体にて、間《かん》に髪《はつ》を入れず、天地いつくにも充満して在《まし》ませども、別して威光を顕《あらは》し善人に楽《らく》を与へたまはん為に「はらいそ」とて極楽世界を諸天の上に作りたまふ。その始《はじめ》人間よりも前に、安助《あんじよ》（天使）*とて無量無数の天人《てんにん》を造り、いまだ尊体を顕したまはず。上《かみ》一人《いちにん》の位*を望むべからずとの天戒を定めたまひ、この天戒を守らばその功徳《くどく》に依《よ》つて、DSの尊体を拝し、不退*の楽を極むべし。若《も》し又破戒せば「いんへるの」とて、衆苦充満の地獄に堕し毒寒毒熱の苦難を与ふべしとの義なりしに、造られ奉《たてまつ》つて未《いま》だ一刻をも経ざるに、即《すなは》ち無量の安助の中に「るしへる」と云へる安助、*己《おの》が善に誇つて我はこれDS《でうす》なり、我を拝せよと勧めしに、かの無量の安助の中、三分が一は「るしへる」に同意し、多分は与《くみ》せず。こゝに於《おい》てDS「るしへる」を初《はじめ》とし、彼に与せし三分の一の安助をば下界へ追ひ下し、「いんへるの」に堕せしめ給《たま》ふ。即安助高慢の科《とが》に依つて、「ぢやぼ」とて天狗《てんぐ》*と成りたるものなり。

破していはく、*汝提宇子《なんぢでうす》、この段を説く事、ひとへに自縄自縛《じじようじばく》なり。先《まづ》DS《でうす》はいつくにも充《み》ち満ちて在《まし》ますと云ふは、真如法性《しんによほつしやう》*本分の天地に充塞《じゆうそく》し、六合《りくがふ》*に遍満したる理《ことわり》を、聞きはつり云ふ*かと覚えたり。似たる事は似たれども、是《ぜ》なる事は未だ是ならずとは、如此《かくのごとき》の事をや云ふ可《べ》き。さて汝云はずや。DSは「さひえんちいしも」*とて、三世了達《さんぜれうだつ》*の智なりとは。然らば彼《かれ》安助を造らば、即時に科に落つ可きと云ふ事を知らずんばあるべからず。知らずんば、三世了達の智と云へば虚談なり。又知りながら造りたらば、慳貪《けんどん》*の第一なり。万事に叶《かな》ふDSならば、安助の科に堕せざるやうには、何とて造らざるぞ。科に落つるを儘《まま》に任せ置たるは、頗《すこぶ》る天魔を造りたるものなり。無用の天狗を造り、邪魔を為《な》さするは、何と云ふ事ぞ。されど「ぢやぼ」と云ふ天狗、もとよりこの世になしと云ふべからず。唯《ただ》、DS安助を造り、安助悪魔と成りし理、聞えずと弁ずるのみ。

よし又、「ぢやぼ」の成り立は、さる事なりとするも、汝がこれを以《もつ》て極悪兇猛《きようまう》の鬼物*となす条、甚《はなはだ》以て不審なり。その故《ゆゑ》は、われ、昔、南蛮寺に住せし時*、悪魔「るしへる」を目《ま》のあたりに見し事ありしが、彼自らその然《しか》らざる理を述べ、人間の愚《ぐ》「ぢやぼ」を知らざる事、夥《おびただ》しきを歎《なげ》きしを如何《いかん》。云ふこと勿《なか》れ、巴毗弇、天魔の弄《ろう》する所となり、妄《みだり》に胡乱《うろん》*の言をなすと。天主と云ふ名に嚇《おど》されて、正法《しやうぼふ》の明《あきらか》なるを悟らざる汝提宇子こそ、愚痴*のたゞ中よ、わが眼《まなこ》より見れば、尊げに「さんた・まりあ*」などと念じたまふ、伴天連《ばてれん》の数は多けれど、悪魔「るしへる」程の議論者は、一《いち》人《にん》もあるまじく存ずるなり。今、事の序《ついで》なれば、わが「ぢやぼ」に会ひし次第、南蛮の語《ことば》にては「あぽくりは*」とも云ふべきを、あら〳〵下に記し置かん。

年月《ねんげつ》の程は、さる可き用もなければ云はず。とある年の秋の夕暮、われ独り南蛮寺の境内なる花木の茂みを歩みつゝ、同じく切支丹《きりしたん》宗門の門徒にして、さるやんごとなきあたりの夫人が、涙ながらの懺悔《こひさん》を思ひめぐらし居たる事あり。先つごろ、その夫人のわれに申されけるは、「この程、怪しき事あり。日夜何ものとも知れず、わが耳に囁《ささや》きて、如何《いかん》ぞさばかりむくつけき夫のみ守れる。世には情《なさけ》ある男も少からぬものをと云ふ。しかもその声を聞く毎《ごと》に、神魂忽《たちま》ち恍惚《くわうこつ》として、恋慕の情自《おのづか》ら止《とど》め難し。さればとて又、誰と契《ちぎ》らんと願ふにもあらず、唯、わが身の年若く、美しき事のみなげかれ、徒《いたづ》らなる思《おもひ》に身を焦すなり」と。われ、その時、宗門の戒法を説き、且厳《かつおごそか》に警《いまし》めけるは、「その声こそ、一定《いちぢやう》悪魔の所為《しよゐ》とは覚えたれ。総じてこの『ぢやぼ』には、七つの恐しき罪に人間を誘ふ力あり、一に驕慢《けうまん》、二に憤怒《ふんぬ》、三に嫉妬《しつと》、四に貪望《とんまう》*、五に色慾、六に饕餮《てつたう》*、七に懈怠《けたい》、一つとして堕獄の悪趣たらざるものなし。*されば DS《でうす》 が大慈大悲の泉源たるとうらうへ*にて、『ぢやぼ』は一切諸悪の根本なれば、苟《いやし》くも天主の御教《みをしへ》を奉ずるものは、かりそめにもその爪牙《さうが》に近づくべからず。唯、専念に祈禱《おらしよ》*を唱へ、DS の御徳《おん》にすがり奉つて、万一『いんへるの』の業火《ごふくわ》に焼かるゝ事を免《まぬかれ》るべし」と。われ、更に又南蛮の画にて見たる、悪魔の凄《すさま》じき形相など、こまゞゝと談《かた》りければ、夫人も今更に「ぢやぼ」の恐しさを思ひ知られ、「さてはその蝙蝠《かはほり》の翼、山羊《やぎ》の蹄《ひづめ》、蛇《くちなは》の鱗《うろこ》を備へしものが、目にこそ見えね、わが耳のほとりに蹲《うづくま》りて淫《みだ》らなる恋を囁くにや」と、身ぶるひして申されたり。われ、その一部始終を心の中《うち》に繰返しつゝ、異国より移し植ゑたる、名も知らぬ草木の薫《かぐは》しき花を分けて、ほの暗き小路を歩み居しが、ふと眼《まなこ》を挙げて、行手を見れば、われを去る事十歩ならざるに、伴天連めきたる人影あり。その人、わが眼を挙ぐるより早く、風の如《ごと》く来《きた》りて、問ひけるは、「汝、われを知るや」と。われ、眼を定めてその人を見れば、面《おもて》はさながら崑崙奴《こんろんぬ》*の如く黒けれど、眉目《みめ》さまで卑《いや》しからず、身には法服の裾《すそ》長きを着て、首のめぐりには黄金《こがね》の飾りを垂れたり。われ、遂《つひ》にその面を見知らざりしかば、否《いな》と答へけるに、その人、忽ち嘲笑《あざわら》ふが如き声にて、「われは悪魔『るしへる』なり」と云ふ。われ、大《おほい》に驚きて云ひけるは、「如何《いかに》ぞ、『るしへる』なる事あらん。見れば容体も人に異らず。蝙蝠の翼、山羊の蹄、蛇の鱗は如何にしたる」と。その人答ふらく、「悪魔はもとより、人間と異るものにあらず。われを描いて、醜悪絶類ならしむるものは画工のさかしらなり。わがともがらは、皆われの如く、翼なく、鱗なく、蹄なし。況《いはん》や何ぞかの古怪なる面貌《めんばう》あらん。」われ、更に云ひけるは、「悪魔にしてたとひ、人間と異るものにあらずとするも、そは唯、皮相の見《けん》に止《とどま》るのみ。汝が心には、恐しき七つの罪、蝎《さそり》の如くに蟠《わだかま》らん」と。「るしへる」再《ふたたび》、嘲笑ふ如き声にて云ふやう、「七つの罪は人間の心にも、蝎の如くに蟠れり。そは汝自ら知る所か」と。われ罵《ののし》るらく、「悪魔よ、退け、わが心は DS《でうす》が諸善万徳を映すの《の》鏡なり。汝の影を止むべき所にあらず」と。悪魔呵々《かか》大笑していはく、「愚《おろか》なり。巴毗弇。汝がわれを唾罵《だば》*する心は、これ即《すなはち》驕慢にして、七つの罪の第一よ。悪魔と人間と異らぬは、汝の実証を見て知るべし。若《も》し悪魔にして、汝ら沙門《しやもん》*の思ふが如く、極悪兇猛の鬼物ならんか、われら天が下を二つに分つて、汝が DS と共に治めんのみ。それ光あれば、必《かならず》暗《やみ》あり。DS の昼と悪魔の夜と交々《こもごも》この世を統《す》べん事、あるべからずとは云ひ難し。されどわれら悪魔の族《やから》はその性《さが》悪なれど、善を忘れず。右の眼は『いんへるの』の無間《むげん》の暗を見るとも云へど、左の眼は今も猶、『はらいそ』の光を麗《うるは》しと、常に天上を眺むるなり。されぱこそ悪に於て全からず。屡《しばしば》DSが天人の為に苦しめらる。汝知らずや、さきの日汝が懺悔《こひさん》を聞きたる夫人も、『るしへる』自らその耳に、邪淫《じやいん》の言を囁きしを。唯、わが心弱くして、飽くまで夫人を誘ふ事能《あた》はず。唯、黄昏と共に身辺を去来して、*そが珊瑚《さんご》の念珠《こんたつ》と、象牙《ざうげ》に似たる手頸《てくび》とを、えもならず美しき幻の如く眺めしのみ。もしわれにして、汝ら沙門の恐るゝ如き、兇険無道の悪魔ならんか、夫人は必汝の前に懺悔の涙をそゝがんより、速《すみやか》に不義の快楽《けらく》に耽《ふけ》つて、堕獄の業因を成就せん」と。われ、「るしへる」の弁舌、爽《さはやか》なるに驚きて、はかぐ\しく答もなさず、茫然《ばうぜん》として唯、その黒檀《こくたん》の如く、つやゝかなる面《おもて》を目《み》戍《まも》り居しに、彼、忽《たちまち》わが肩を抱いて、悲しげに囁きけるは、「わが常に『いんへるの』に堕さんと思ふ魂は、同じく又、わが常に『いんへるの』に堕すまじと思ふ魂なり。汝、われら悪魔がこの悲しき運命を知るや否や。わがかの夫人を邪淫の穽《あな》に捕へんとして、しかも遂に捕へ得ざりしを見よ。われ夫人の気高く清らかなるを愛《め》づれば、愈《いよいよ》夫人を汚《けが》さまく思ひ、反つて又、夫人を汚さまく思へば、愈気高く清らかなるを愛でんとす。これ、汝らが屡七つの恐しき*罪を犯さんとするが如く、われら亦《また》、常に七つの恐しき徳を行はんとすればなり。ああ、われら悪魔を誘うて、絶えず善に赴かしめんとするものは、抑《そもそも》又汝らがDSか。或《あるい》はDS以上の霊か」と。悪魔「るしへる」は、かくわが耳に囁きて、薄暮の空をふり仰ぐよと見えしが、その姿忽ち霧の如くうすくなりて、淡薄たる秋花の木の間に、消ゆるともなく消え去り了《をは》んぬ。われ、即ち匆惶《そうくわう》として*伴天連の許《もと》に走り、「るしへる」が言を以てこれに語りたれど、無智の伴天連、反つてわれを信ぜず。宗門の内証*に背くものとして、呵責《かしやく》を加ふる事数日なり。されどわれ、わが眼にて見、わが耳にて聞きたるこの悪魔「るしへる」を如何にかして疑ふ可き。悪魔亦性《さが》善なり。断じて一切諸悪の根本にあらず。

ああ、汝、提宇子《でうす》、既に悪魔の何たるを知らず。況や又、天地作者の方寸*をや。蔓《まん》頭《とう》の葛藤《かつとう》、截断《せつだん》し去る*。咄《とつ》*。

きりしとほろ上人《しょうにん》*伝

小序

これは予が嘗《かつ》て三田文学*紙上に掲載した「奉教人の死」と同じく、予が所蔵の切支《きりし》丹《たん》版*「れげんだ・あうれあ」*の一章に、多少の潤色を加えたものである。但《ただ》し「奉教人の死」は本邦西教徒*の逸事であったが、「きりしとほろ上人伝」は古来洽《あまね》く欧洲天主教国に流布《るふ》した聖人《しょうにん》行状記の一種であるから、予の「れげんだ・あうれあ」の紹介も、彼是相俟《あれこれあいま》って始めて全豹《ぜんぴょう》を彷彿《ほうふつ》する事が出来るかも知れない。

伝中殆《ほとん》ど滑稽《こっけい》に近い時代錯誤や場所錯誤が続出するが、予は原文の時代色を損うまいとした結果、わざと何等の筆削《ひっさく》をも施さない事にした。大方の諸君子にして、予が常識の有無を疑われなければ幸甚《こうじん》である。

一　山ずまいのこと

遠い昔のことでおじゃる。*「しりあ*」の国の山奥に、「れぷろぼす*」と申す山男がおじゃった。その頃「れぷろぼす」ほどな大男は、御主《おんあるじ》の日輪の照らさせ給《たま》う天《あめ》が下《した》はひろしと云《い》え、絶えて一人もおりなかったと申す。まず身の丈は三丈*あまりもおじゃろうか。葡萄蔓《えびかずら》かとも見ゆる髪の中には、いたいけな四十雀《しじゅうから》が何羽とも知れず巣食うて居った。まいて手足はさながら深山《みやま》の松檜《まつひのき》にまがうて、足音は七つの谷々にも谺《こだま》するばかりでおじゃる。さればその日の糧《かて》を猟《あさ》ろうにも、鹿熊なんどのたぐいをとりひしぐは、指の先の一ひねりじゃ。又は折ふし海べに下り立って、すなどろうと思う時も、海松房《みるふさ》*ほどな髯《ひげ》の垂れた頤《おとがい》をひたと砂につけて、ある程の水を一吸い吸えば、鯛《たい》も鰹《かつお》も尾鰭《おびれ》をふるうて、ざわざわと口へ流れこんだ。じゃによって沖を通る廻船*さえ、時ならぬ潮のさしひきに漂わされて、水夫《かこ》楫取《かんどり》の慌《あわ》てふためく事もおじゃったと申し伝えた。

なれど「れぷろぼす」は、性得心根のやさしいものでおじゃれば、山ずまいの杣《そま》猟夫《かりゅうど》は元より、往来の旅人にも害を加えたと申す事はおりない。反《かえ》って杣の伐《き》りあぐんだ樹《き》は推し倒し、猟夫の追い失うた毛物はとっておさえ、旅人の負いなやんだ荷は肩にかけて、なにかと親切をつくいたれば、遠近《おちこち》の山里でもこの山男を憎もうずものは、誰一人おりなかった。中にもとある一村《ひとむら》では、羊飼のわらんべが行き方《がた》知れずになった折から、夜さり*そのわらんべの親が家の引き窓を推し開くものがあったれば、驚きまどうて上を見たに、箕《みの》ほどな「れぷろぼす」の掌《たなごころ》が、よく眠入ったわらんべをかいのせて、星空の下から悠々と下りて来たこともおじゃると申す。何と山男にも似合うまじい、殊勝な心映《こころば》えではおじゃるまいか。

されば山賤《やまがつ》*たちも「れぷろぼす」に出合えば、餅《もち》や酒などをふるもうて、へだてなく語らうことも度々《どど》おじゃった。さるほどにある日のこと、杣の一むれが樹を伐ろうずとて、檜山ふかくわけ入ったに、この山男がのさのさと熊笹《くまざさ》の奥から現れたれば、もてなし心に落葉を焚《た》いて、徳利《とっくり》の酒を暖めてとらせた。その滴《しずく》ほどな徳利の酒さえ、「れぷろぼす」は大きに悦《よろこ》んだけしきで、頭の中に巣食うた四十雀にも、杣たちの食《は》み残いた飯をばらまいてとらせながら、大あぐらをかいて申したは、

「それがしも人間と生まれたれば、あっぱれ功名手がらをも致いて、末は大名ともなろうずる」と云えば、杣たちも打ち興じて、

「道理《ことわり》かな。おぬしほどな力量があれば、城の二つ三つも攻め落そうは、片手業《かたてわざ》にも足るまじい」と云うた。その時「れぷろぼす」が、ちともの案ずる体で申すようは、

「なれどここに一つ、難儀なことがおじゃる。それがしは日頃山ずまいのみ致いて居れば、どの殿の旗下《はたもと》に立って、合戦を仕《つかまつ》ろうやら、とんと分別《ぶんべつ》を致そうようもござない。就いては当今天下無双の強者《つわもの》と申すは、いずくの国の大将でござろうぞ。誰にもあれそれがしは、その殿の馬前に馳《は》せ参じて、忠節をつくそうずる」と問うたれば、「さればその事でおじゃる。まずわれらが量見にては、今天が下に『あんちおきや』*の帝《みかど》ほど、武勇に富んだ大将もおじゃるまい」と答えた。山男はそれを聞いて、斜《なな》めならず悦びながら、

「さらばすぐさま、打ち立とうず」とて、小山のような身を起いたが、ここに不思議がおじゃったと申すは、頭の中に巣食うた四十雀が、一時にけたたましい羽音を残いて、空に網を張った森の梢《こずえ》へ、雛《ひな》も余さず飛び立ってしもうた事じゃ。それが斜に枝を延《の》いた檜のうらに上《のぼ》ったれば、とんとその樹は四十雀が実のったようじゃとも申そうず。「れぷろぼす」はこの四十雀のふるまいを、訝《いぶか》しげな眼《まなこ》で眺めて居ったが、やがて又初一念を思い起いた顔色で、足もとにつどうた杣たちにねんごろな別《わかれ》をつげてから、再び森の熊笹を踏み開いて、元来たようにのしのしと、山奥へ独り往《い》んでしもうた。

されば「れぷろぼす」が大名になろうず願望がことは、間もなく遠近の山里にも知

れ渡ったが、ほど経て又かような噂《うわさ》が、風のたよりに伝わって参った。と申すは国ざかいの湖で、大ぜいの漁夫《りょうし》たちが泥《どろ》に吸われた大船をひきなずんで居*った所に、怪しげな山男がどこからか現れて、その船の帆柱をむずとつかんだと見てあれば、苦もなく岸へひきよせて、一同の驚き呆《あき》れるひまに、早くも姿をかくしたと云う噂じゃ。じゃによって「れぷろぼす」を見知ったほどの山賤たちは、皆この情ぶかい山男が、愈《いよいよ》「しりや」の国中《こくちゅう》から退散したことを悟ったれば、西空に屛風《びょうぶ》を立てまわした山々の峯《みね》を仰ぐ毎《ごと》に、限りない名残りが惜しまれて、自《おのずか》らため息がもれたと申す。まいてあの羊飼のわらんべなどは、夕日が山かげに沈もうず時は、必《かならず》村はずれの一本杉にたかだかとよじのぼって、下につどうた羊のむれも忘れたように、「れぷろぼす」恋しや、山を越えてどち行ったと、かなしげな声で呼びつづけた。さてその後《のち》「れぷろぼす」が、如何《いか》なる仕合せにめぐり合うたか、右の一条を知ろうず方々はまず次のくだりを読ませられい。

二　俄《にわか》大名のこと

さるほどに「れぷろぼす」は、難なく「あんちおきや」の城裡《じょうり》*に参ったが、田舎の山里とはこと変り、この「あんちおきや」の都と申すは、この頃天が下に並びない繁華の土地がらゆえ、山男が巷《ちまた》へはいるや否《いな》や、見物の男女夥《なんにょおびただ》しゅうむらがって、はては通行することも出来まじいと思われた。されば「れぷろぼす」もとんと行こうず方角を失うて、人波に腰を揉《も》まれながら、とある大名小路《だいみょうこうじ》*の辻《つじ》に立ちすくんでしもうたに、折よくそこへ来かかったは、帝の御輦《ぎょれん》*をとりまいた、侍たちの行列じゃ。見物の群集《ぐんじゅ》はこれに先を追われて、山男を一人残いた儘《まま》、見る見る四方へ遠のいてしもうた。じゃによって「れぷろぼす」は、大象《だいぞう》の足にもまがおうずしたたかな*手を大地について、御輦の前に頭《かしら》を下げながら、

「これは『れぷろぼす』と申す山男でござるが、唯今《ただいま》『あんちおきや』の帝は、天下無双の大将と承わり、御奉公申そうずとて、はるばるこれまでまかり上《のぼ》った」と申し入れた。これよりさき、帝の同勢《どうぜい》も、「れぷろぼす」の姿に胆《きも》をけして、先手《さきて》は既に槍薙刀《やりなぎなた》の鞘《さや》をも払おうずけしきであったが、この殊勝な言《ことば》を聞いて、異心もあるまじいものと思いつろう、とりあえず行列をそこに止《とど》めて、供頭《ともがしら》の口からその趣をしかじかと帝へ奏聞《そうもん》した。帝はこれを聞《きこ》し召されて、

「かほどの大男のことなれば、一定《いちじょう》武勇も人に超えつろう。召し抱えてとらせい」と、仰せられたれば、格別の詮義《せんぎ》とあって、すぐさま同勢の内へ加えられた。「れぷろぼす」の悦びは申すまでもあるまじい。じゃによって帝の行列の後《うしろ》から、三十人の力士

もえ昇《か》くまじい長櫃《ながびつ》十棹《さお》の宰領*を承って、ほど近い御所の門まで、鼻たかだかと御供《おんとも》仕った。まことこの時の「れぷろぼす」が、山ほどな長櫃を肩にかけて、行列の人馬を目の下に見下しながら、大手をふってまかり通った異形《いぎょう》奇体の姿こそ、目ざましいものでおじゃったろう。

さてこれより「れぷろぼす」は、漆紋《うるしもん》の麻裃《あさがみしも》*に朱鞘の長刀《ながかたな》を横たえて、朝夕「あんちおきや」*の帝の御所を守護する役者の身となったが、幸《さいわい》ここに功名手がらを顕《あらわ》そうず時節が到来したと申すは、ほどなく隣国の大軍がこの都を攻めとろうと、一度に押し寄せて参ったことじゃ。元来この隣国の大将は、獅子王《ししおう》をも手打ちにすると聞えた、万夫不当《ばんぷふとう》*の剛の者でおじゃれば、「あんちおきや」の帝とても、なおざりの合戦はなるまじい。じゃによって今度の先手は、今まいりながら「れぷろぼす」に仰せつけられ、帝は御自ら本陣に御輦をすすめて、号令を司《つかさど》られることとなった。この采配《さいはい》を承った「れぷろぼす」が、悦び身にあまりて、足の踏みども覚えなんだは、毛頭無理もおじゃるまい。

やがて味方も整えば、帝は、「れぷろぼす」をまっさきに、貝金《かいがね》*陣太鼓《じんだいこ》の音を勇しゅう、国ざかいの野原に繰り出された。かくと見た敵の軍勢は、元より望むところの合戦じゃによって、なじかは寸刻もためらおう。野原を蔽《おお》うた旗差物《はたさしもの》*が、俄に波立ったと見てあれば、一度にどっと鬨《とき》をつくって、今にも懸け合わそうずけしきに見えた。この時「あんちおきや」の人数《にんず》の中より、一人悠々と進み出《だ》いたは、別人でもない「れぷろぼす」じゃ。山男がこの日の出《い》で立ちは、水牛の兜《かぶと》に南蛮鉄の鎧《よろい》を着下《きおろ》いて、刃渡り七尺の大薙刀を柄《え》みじかにおっとったれば、さながら城の天主*に魂が宿って、大地も狭しと揺《ゆる》ぎ出《いだ》いた如《ごと》くでおじゃる。さるほどに「れぷろぼす」は両軍の唯中に立ちはだかると、その大薙刀をさしかざいて、遥《はるか》に敵勢を招きながら、雷《いかずち》のような声で呼《よば》わったは、

「遠からんものは音にも聞け、近くばよって目にも見よ。これは『あんちおきや』の帝が陣中に、さるものありと知られたる『れぷろぼす』と申す剛の者じゃ。辱《かたじけな》くも今日《こんにち》は先手《さきて》の大将を承り、ここに軍を出《いだ》いたれば、われと思おうずるものどもは、近う寄って勝負せよやっ」と申した。その武者ぶりの凄《すさま》じさは、昔「ぺりして」*の豪傑に「ごりあて」*と聞えたが、鱗綴《うろことじ》の大鎧に銅《あかがね》の矛を提《ひっさ》げて、百万の大軍を叱咤《しった》したにも、劣るまじいと見えたれば、さすが隣国の精兵たちも、しばしがほどは鳴《なり》を静めて、出で合《あお》うずものもおりなかった。じゃによって敵の大将も、この山男を討たいでは、かなうまじいと思いつろう。美々しい物の具に三尺の太刀をぬきかざいて、竜馬《りゅうめ》*に泡《あわ》を食《は》ませながら、これも大音《だいおん》に名乗りをあげて、まっしぐらに「れぷろぼす」へ打っ

てかかった。なれどもこなたはものともせいで、大薙刀をとりのべながら、二太刀三太刀あしろうたが、やがて得物*をからりと捨てて、猿臂《えんぴ》*をのばいたと見るほどに、早くも敵の大将を鞍壺《くらつぼ》*からひきぬいて、目もはるかな大空へ、礫《つぶて》の如く投げ飛ばいた。その敵の大将がきりきりと宙に舞いながら、味方の陣中へどうと落ちて、乱離骨灰《らりこっぱい》になったのと、「あんちおきや」の同勢が鯨波《とき》の声を轟《ひび》かいて、帝の御輦を中にとりこめ、雪崩《なだれ》の如く攻めかかったのとが、間《かん》に髪《はつ》をも入れまじい、殆ど同時の働きじゃ。されば隣国の軍勢は、一たまりもなく浮き足立って、武具馬具のたぐいをなげ捨てながら、四分五裂に落ち失《う》せてしもうた。まことや「あんちおきや」の帝がこの日の大勝利は、味方の手にとった兜首*の数ばかりも、一年の日数よりは多かったと申すことでおじゃる。

じゃによって帝は御悦び斜ならず、目でたく凱歌《がいか》の裡《うち》に軍《いくさ》をめぐらされたが、やがて「れぷろぼす」には大名の位を加えられ、その上諸臣にも一々勝利の宴を賜って、ねんごろに勲功をねぎらわれた。その勝利の宴を賜った夜のことと思召《おぼしめ》されい。当時国々の形儀《かたぎ》*とあって、その夜も高名《こうみょう》な琵琶《びわ》法師《ほうし》が、大燭台《おおしょくだい》の火の下に節《ふし》面白う絃を調じて、今昔《いまむかし》の合戦のありさまを、手にとる如く物語った。この時「れぷろぼす」は、かねての大願が成就したことでおじゃれば、涎《よだれ》も垂れようずばかり笑み傾いて、余念もなく珍陀《ちんだ》の酒を酌《く》みかわいてあった所に、ふと酔うた眼にもとまったは、錦《にしき》の幔幕《まんまく》を張り渡いた正面の御座《ぎょざ》にわせられる帝の異な御ふるまいじゃ。*何故《なぜ》と申せば、検校《けんぎょう》*のうたう物語の中に、悪魔《じゃぼ》と云う言がおじゃると思えば、帝はあわただしゅう御手をあげて、必ず十字の印《いん》を切らせられた。その御ふるまいが怪《け》しからずものものしげに見えたれば、「れぷろぼす」は同席の侍に、

「何として帝は、あのように十字の印を切らせられるぞ」と、卒爾《そつじ》ながら尋ねて見た。

ところがその侍の答えたは、

「総じて悪魔《じゃぼ》と申すものは、天が下の人間をも掌《たなごころ》にのせて弄《もてあそ》ぶ、大力量のものでおじゃる。じゃによって帝も、悪魔《じゃぼ》の障碍《しょうげ》*を払おうずと思召され、再三十字の印を切って、御身を守らせ給うのじゃ」と申した。「れぷろぼす」はこれを聞いて、迂論《うろん》げに又問い返したは、

「なれど今『あんちおきや』の帝は、天が下に並びない大剛の大将と承った。されば悪魔《じゃぼ》も帝の御身には、一指をだに加えまじい」と申したが、侍は首をふって、

「いや、いや、帝も、悪魔《じゃぼ》ほどの御威勢はおじゃるまい」と答えた。山男はこの答を聞くや否や、大いに憤《いきどお》って申したは、

「それがしが帝に随身し奉ったは、天下無双の強者《つわもの》は帝じゃと承った故《ゆえ》でおじゃる。

しかるにその帝さえ、悪魔《じゃぼ》には腰を曲げられるとあるなれば、それがしはこれよりまかり出でて、悪魔《じゃぼ》の臣下と相成ろうず」と喚《わめ》きながら、ただちに珍陀の盃を抛《なげう》って、立ち上ろうと致いたれば、一座の侍はさらいでも、「れぷろぼす」が今度の功名を妬《ねた》ましゅう思うて居ったによって、「すわ、山男が謀叛《むほん》するわ」と、異口同音に罵《ののし》り騒いで、やにわに四方八方から搦《から》めとろうと競い立った。もとより「れぷろぼす」も日頃ならば、そうなくこの侍だちに組みとめらりょう筈《はず》もあるまじい。なれどもその夜は珍陀の酔に前後も不覚の体《てい》じゃによって、しばしがほどこそ多勢を相手に、組んずほぐれつ、揉み合うても居ったが、やがて足をふみすべらいて、思わずどうとまろんだれば、えたりやおうと侍だちは、いやが上にも折り重って、怒り狂う「れぷろぼす」を高手小手《たかてこて》に括《くく》り上げた。帝もことの体たらくを始終残らず御覧ぜられ、「恩を讐《あだ》で返すにっくいやつめ。匇々《そうそう》土の牢《ろう》へ投げ入れい」と、大いに逆鱗《げきりん》あったによって、あわれや「れぷろぼす」はその夜の内に、見るもいぶせい地の底の牢舎へ、禁獄せられる身の上となった。さてこの「あんちおきや」の牢内に囚《とら》われとなった「れぷろぼす」が、その後如何なる仕合せにめぐり合うたか、右の一条を知ろうず方々は、まず次のくだりを読ませられい。

三　魔往来のこと

さるほどに「れぷろぼす」は、未《いま》だ縄目《なわめ》もゆるされいで、土の牢の暗の底へ、投げ入れられたことでおじゃれば、しばしがほどは赤子のように、唯《ただ》おうおうと声を上げて、泣き喚くより外はおりなかった。その時いずくよりとも知らず、緋《ひ》の袍《ころも》をまとうた学匠が、忽然《こつねん》と姿を現いて、やさしげに問いかけたは、

「如何《いか》に『れぷろぼす』おぬしは何として、かような所に居るぞ」とあったれば、山男は今更ながら、滝のように涙を流いて、

「それがしは、帝に背き奉《たてまつ》って、悪魔《じゃぼ》に仕えようずと申したれば、かように牢舎致されたのでおじゃる。おう、おう、おう」と歎《なげ》き立てた。学匠はこれを聞いて、再びやさしげに尋ねたは、

「さらばおぬしは、今もなお悪魔《じゃぼ》に仕えようず望《のぞみ》がおりやるか」と申すに、「れぷろぼす」は頭《こうべ》を竪《たて》に動かいて、

「今もなお、仕えようずる」と答えた。学匠は大いにこの返事を悦んで、土の牢も鳴りどよむばかり、からからと笑い興じたが、やがて三度《みたび》やさしげに申したは、

「おぬしの所望は、近頃殊勝千万じゃによって、これよりただちに牢舎を赦《ゆる》いてとら

「そうずる」とあって、身にまとうた緋《ひ》の袍《ころも》を、「れぷろぼす」が上に蔽うたれば、不思議や総身《そうみ》の縛《いまし》めは、悉《ことごと》くはらりと切れてしもうた。山男の驚きは申すまでもあるまじい。されば恐る恐る身を起いて、学匠の顔を見上げながら、慇懃《いんぎん》に礼を為《な》いて申したは、

「それがしが縄目を赦いてたまわった御恩は、生々世々*忘却つかまつるまじい。なれどもこの土の牢をば、何として忍び出で申そうずる」と云うた。学匠はこの時又えせ笑いをして、

「こうすべいに、なじかは難《かた》かろう」と申しも果ず、やにわに緋の袍の袖《そで》をひらいて、「れぷろぼす」を小脇《こわき》に抱いたれば、見る見る足下が暗うなって、もの狂おしい一陣の風が吹き起ったと思うほどに、二人は何時《いつ》か宙を踏んで、牢舎を後に飄々《ひょうひょう》と、「あんちおきや」の都の夜空へ、火花を飛《とば》いて舞いあがった。まことやその時は学匠の姿も、折から沈もうず月を背負うて、さながら怪しげな大蝙蝠《おおかわほり》が、黒雲の翼を一文字に飛行《ひぎょう》する如く見えたと申す。

されば「れぷろぼす」は愈《いよいよ》胆《きも》を消いて、学匠もろとも中空を射る矢のように翔《かけ》りながら、戦《おのの》く声で尋ねたは、

「そもそもごへん*は、何人《なんびと》でおじゃろうぞ。ごへんほどな大神通の博士は、世にも又

とあるまじいと覚ゆる」と申したに、学匠は忽《たちま》ち底気味悪いほくそ笑を洩《もら》しながら、わざとさりげない声で答えたは、

「何を隠そう、われらは、天が下の人間を掌《たなごころ》にのせて弄ぶ、大力量の剛の者じゃ」

とあったによって「れぷろぼす」は始めて学匠の本性が、悪魔《じゃぼ》じゃと申すことに合点が参った。さるほどに悪魔《じゃぼ》はこの問答の間さえ、妖霊星《ようれぼし》*の流れる如く、ひた走りに宙を走ったれば、「あんちおきや」の都の灯火《あかり》も、今ははるかな闇《やみ》の底に沈みはてて、やがて足もとに浮んで参ったは、音に聞く「えじっと」*の沙漠《さばく》でおじゃろう。幾百里とも知れまじい砂の原が、有明の月の光の中に、夜目にも白々と見え渡った。この時学匠は爪長《つまなが》な指をのべて、下界をゆびさしながら申したは、

「かしこの藁家《わらや》には、さる有験《うげん》*の隠者が住居《すまい》致いて居ると聞いた。まずあの屋根の上に下ろうずる」とあって、「れぷろぼす」を小脇に抱いた儘、とある沙山陰《すなやまかげ》のあばら家の棟へ、ひらひらと空から舞い下った。

こなたはそのあばら家に行いすまいて居った隠者の翁《おきな》じゃ。折から夜のふけたのも知らず、油火のかすかな光の下で、御経《おんきょう》を読誦《どくじゅ》し奉って居ったが、忽ちえならぬ香風が吹き渡って、雪にも紛《まが》おうず桜の花が紛々と飜《ひるがえ》り出いたと思えば、いずくよりともなく一人の傾城《けいせい》が、鼈甲《べっこう》の櫛笄《くしこうがい》を円光の如くさしないて、地獄絵を繍《ぬ》うた襠《うちかけ》の裳《もすそ》を

長々とひきはえながら、*天女のような媚《こび》を凝して、夢かとばかり眼の前へ現れた。翁はさながら「えじっと」の沙漠が、片時の内に室神崎《むろかんざき》*の廓《くるわ》に変ったとも思いつろう。あまりの不思議さに我を忘れて、しばしがほどは惚々《ほれぼれ》と傾城の姿を見守て居ったに、相手はやがて花吹雪を身に浴びながら、にっこと微笑《ほほえ》んで申したは、「これは『あんちおきや』の都に隠れもない遊び*でおじゃる。近ごろ御僧のつれづれを慰めまいらしょうと存じたれば、はるばるこれまでまかり下った」とあった。その声ざまの美しさは、極楽に棲《す》むとやら承った迦陵頻伽《かりょうびんが》*にも劣るまじい。さればさすがに有験の隠者もうかとその手に乗ろうとしたが、思えばこの真夜中に幾百里とも知らぬ「あんちおきや」の都から、傾城などの来よう筈もおじゃらぬ。さては又しても悪魔《じゃぼ》めの悪巧《わるだく》みであろうずと心づいたによって、ひたと御経に眼を曝《さら》しながら、専念に陀羅尼《だらにず》を誦し奉って居ったに、傾城はかまえてこの隠者の翁を落そうと心にきわめつろう。蘭麝《らんじゃ》の薫を漂わせた綺羅《きら》の袂《たもと》を弄びながら、嫋々《たよたよ》としたさまで、さも恨めしげに歎いたは、

「如何《いか》に遊びの身とは申せ、千里の山河も厭《いと》わいで、この沙漠までまかり下ったを、さりとは曲《きょく》もない御方かな」と申した。その姿の妙《たえ》にも美しい事は、散りしく桜の花の色さえ消えようずると思われたが、隠者の翁は遍身に汗を流いて、降魔の呪文《じゅもん》を読

みかけ読みかけ、かつふつその悪魔《じゃぼ》の申す事に耳を借そうず気色《けしき》すらおりない。されば傾城もかくてはなるまじいと気を苛《いら》ったか、つと地獄絵の裳を飜して、斜に隠者の膝《ひざ》へとすがったと思えば、

「何としてさほどつれないぞ」と、よよとばかりに泣い口説いた。と見るや否《いな》や隠者の翁は、蝎《さそり》に刺されたように躍り上ったが、早くも肌身につけた十字架《くるす》をかざいて、霹靂《はたたがみ》の如く罵ったは、

「業畜《ごうちく》*、御主《おんあるじ》『えす・きりしと』の下部《しもべ》に向って無礼《むらい》あるまじいぞ」と申しも果てず、ちょうと傾城の面《おもて》を打った。打たれて傾城は落花の中に、なよなよと伏しまろんだが、忽ちその姿は見えずなって、唯一むらの黒雲が湧《わ》き起ったと思うほどに、怪しげな火花の雨が礫《つぶて》の如く乱れ飛んで、

「あら、痛や。又しても十字架《くるす》に打たれたわ」と唸《うめ》く声が、次第に家の棟にのぼって消えた。もとより隠者はこうあろうと心に期《ご》して居ったによって、この間も秘密の真言《しんごん》を絶えず声高に誦し奉ったに、見る見る黒雲も薄れれば、桜の花も降らずなって、あばら家の中には又もとの如く、油火ばかりが残ったと申す。

なれど隠者は悪魔《じゃぼ》の障碍《しょうげ》が猶《なお》もあるべいと思うたれば、夜もすがら御経の力にすがり奉って、目蓋《まぶた》も合わさいで明《あか》いたに、やがてしらしら明けと覚《おぼ》しい頃、誰やら柴《しば》の

扉《とぼそ》をおとずれるものがあったによって、十字架《くるす》を片手に立ち出でて見たれば、これは又何ぞや、藁家の前に蹲《うずくま》って、恭《うやうや》しげに時儀を致いて居ったは、天から降ったか、地から湧いたか、小山のような大男じゃ。それが早くも朱《あけ》を流いた空を黒々と肩にかぎって、隠者の前に頭を下げると、恐る恐る申したは、

「それがしは『れぷろぼす』と申す『しりや』の国の山男でおじゃる。ちかごろふっと悪魔《じゃぼ》の下部《しもべ》と相成って、はるばるこの『えじっと』の沙漠まで参ったれど、悪魔《じゃぼ》も御主『えす・きりしと』とやらんの御威光には叶《かな》い難く、それがし一人を残し置いて、いずくともなく逐天《ちくてん》致いた。自体それがしは今天が下に並びない大剛の者を尋ね出いて、その身内に仕えようずる志がおじゃるによって、何とぞこれより後は不束《ふつつか》ながら、御主『えす・きりしと』の下部の数へ御加え下されい」と云うた。隠者の翁はこれを聞くと、あばら家《や》の門《かど》に佇《たたず》みながら、俄《にわか》に眉《まゆ》をひそめて答えたは、

「はてさて、せんない仕宜《しぎ》になられたものかな。総じて悪魔《じゃぼ》の下部となったものは、枯木に薔薇《ばら》の花が咲こうずるまで*、御主『えす・きりしと』に知遇し奉る時はござない」とあったに、「れぷろぼす」は又ねんごろに頭を下げて、

「たとえ幾千歳《いくせんざい》を経ようずるとも、それがしは初一念を貫こうずと決定《けつじょう》致いた。さればまず御主『えす・きりしと』の御意に叶うべい仕業《しわざ》の段々を教えられい」と申した。

ところで隠者の翁と山男との間には、かような問答がしかつめらしゅうとり交されたと申す事でおじゃる。

「ごへんは御経の文句を心得られたか」

「生憎《あいにく》一字半句の心得もござない」

「ならば断食《だんじき》は出来申そうず」

「如何なこと、それがしは聞えた大飯食いでおじゃる。中々断食などはなるまじい」

「難儀かな。夜もすがら眠らいで居る事は如何あろう」

「如何なこと、それがしは聞えた大寝坊でおじゃる。中々眠らいでは居られまじい」

それにはさすがの隠者の翁も、ほとほと言のつぎ穂さえおじゃらなんだが、やがて掌《たなごころ》をはたと打って、したり顔に申したは、

「ここを南に去ること一里がほどに、流沙河《りゅうさが》＊と申す大河がおじゃる。この河は水嵩《みかさ》も多く、流れも矢を射る如くじゃによって、日頃から人馬の渡りに難儀致すとか承った。なれどごへんほどの大男には、容易《たやす》く徒渉《かちわた》りさえなろうずる。さればごへんはこれよりこの河の渡し守となって、往来の諸人を渡させられい。おのれ人に篤《あつ》ければ、天主も亦《また》おのれに篤かろう道理《ことわり》じゃ」とあったに、大男は大いに勇み立って、

「如何にも、その流沙河とやらの渡し守になり申そうずる」と云うた。じゃによって

隠者の翁も、「れぷろぼす」が殊勝な志をことの外悦《よろこ》んで、「然《しか》らば唯今、御水《おんみず》を授け申そうずる」とあって、おのれは水瓶《みずがめ》をかい抱きながら、もそもそと藁家の棟へ這《は》い上って、漸《ようや》く山男の頭《かしら》の上へその水瓶の水を注ぎ下いた。ここに不思議がおじゃったと申すは、得度《とくど》*の御儀式が終りも果てず、折からさし上った日輪の爛々《らんらん》と輝いた真唯中から、何やら雲気《うんき》がたなびいたかと思えば、忽ちそれが数限りもない四十雀《しじゅうから》の群《むれ》となって、空に聳《そび》えた「れぷろぼす」が叢《くさむら》ほどな頭の上へ、ばらばらと舞い下ったことじゃ。この不思議を見た隠者の翁は、思わず御水を授けようず方角さえも忘れはてて、うっとりと朝日を仰いで居ったが、やがて恭しく天上を伏し拝むと、家の棟から「れぷろぼす」をさし招いて、「勿体《もったい》なくも御水を頂かれた上からは、向後《こうご》*『れぷろぼす』を改めて、『きりしとほろ』と名のらせられい。思うに天主もごへんの信心を深う嘉《よみ》させ給《たま》うと見えたれば、万一勤行《ごんぎょう》に懈怠《けたい》あるまじいに於《お》ては、必定*遠からず御主『えす・きりしと』の御尊体をも拝み奉ろうずる」と云うた。さて「きりしとほろ」と名を改めた「れぷろぼす」が、その後如何なる仕合せにめぐり合うたか、右の一条を知ろうず方々はまず次のくだりを読ませられい。

四　往生のこと

さるほどに「きりしとほろ」は隠者の翁に別れを告げて、流沙河のほとりに参ったれば、まことに濁流滾々《こんこん》として、岸べの青蘆《あおあし》を戦《そよ》がせながら、百里の波を黶すありさまは、容易《たやす》く舟さええ通うまじい。なれど山男は身の丈凡《およ》そ三丈あまりもおじゃるほどに、河の真唯中を越す時さえ、水は僅《わずか》に臍《ほぞ》のあたりを渦巻《うずま》きながら流れるばかりじゃ。されば「きりしとほろ」はこの河べに、ささやかながら庵《いおり》を結んで、時折渡りに難《なや》むと見えた旅人の影が眼に触れれば、すぐさまそのほとりへ歩み寄って、「これはこの流沙河の渡し守でおじゃる」と申し入れた。もとより並々の旅人は、山男の恐しげな姿を見ると、如何なる天魔波旬《はじゅん》*かと始《はじめ》は胆《きも》も消いて逃げのいたが、やがてその心根のやさしさもとくと合点行って、「然らば御世話に相成ろうず」と、おずおず「きりしとほろ」の背にのぼるが常じゃ。ところで「きりしとほろ」は旅人を肩へゆり上げると、何時《いつ》も汀《みぎわ》の柳を根こぎにしたしたたかな杖《つえ》をつき立てながら、逆巻く流れをことともせず、ざんざざんざと水を分けて、難なく向うの岸へ渡いた。しかもあの四十雀は、その間さえ何羽となく、さながら楊花《ようか》*の飛びちるように、絶えず「きりしとほろ」の頭《かしら》をめぐって、嬉《うれ》しげに囀《さえず》り交《かわ》いたと申す。まことや「きりしとほろ」が信心の辱《かたじけな》さには、無心の小鳥も随喜の思《おもい》にえ堪えなんだのでおじゃろうず。

かよう致いて「きりしとほろ」は、雨風も厭わず三年が間、渡し守の役目を勤めて居ったが、渡りを尋ねる旅人の数は多うても、御主「えす・きりしと」らしい御姿には、絶えて一度も知遇せなんだ。が、その三年目の或夜のこと、折から凄《すさま》じい嵐《あらし》があって、神鳴りさえおどろと鳴り渡ったに、山男は四十雀と庵を守って、すぎこし方のことどもを夢のように思いめぐらいて居ったれば、忽ち車軸を流す雨を圧して、いたいけな声が響いたは、

「如何に渡し守はおりゃるまいか。その河一つ渡して給われい」と、聞え渡った。されば「きりしとほろ」は身を起いて、外の闇夜《やみよ》へ揺《ゆら》ぎ出《いだ》いたに、如何なこと、河のほとりには、年の頃もまだ十には足るまじい、みめ清らかな白衣《びゃくい》のわらんべが、空をつんざいて飛ぶ稲妻の中に、頭《かしら》を低《た》れて唯ひとり、佇んで居ったではおじゃるまいか。山男は稀有《けう》の思をないて、千引《ちびき》の巌《いわお》にも劣るまじい大の体をかがめながら、慰めるように問い尋ねたは、

「おぬしは何としてかような夜更《よふ》けにひとり歩くぞ」と申したに、わらんべは悲しげな瞳《ひとみ》をあげて、

「われらが父のもとへ帰ろうとて」と、もの思わしげな声で返答した。もとより「き

りしとほろ」はこの答を聞いても、一向不審は晴れなんだが、何やらその渡りを急ぐ容子《ようす》があわれにやさしく覚えたによって、

「然らば念無《ねんの》う*渡そうずる」と、双手《もろて》にわらんべをかい抱いて、日頃の如く肩へのせると、例の太杖をちょうとついて、岸べの青蘆を押し分けながら、嵐に狂う夜河の中へ、胆太くもざんぶと身を浸いた。が、風は黒雲を巻き落いて、息もつかすまじいと吹きどよもす。雨も川面《かわも》を射白《いしら》まいて、底にも徹《とお》ろうずばかり降り注いだ。時折闇をかい破る稲妻の光に見てあれば、浪は一面に湧き立ち返って、宙に舞上る水煙も、さながら無数の天使《あんじょ》*たちが雪の翼をはためかいて、飛びしきるかとも思うばかりじゃ。されればさすがの「きりしとほろ」も、今宵《こよい》はほとほと渡りなやんで、太杖にしかとすがりながら、礎《いしずえ》の朽ちた塔のように、幾度もゆらゆらと立ちすくんだが、雨風よりも更に難儀だったは、怪《けし》からず肩のわらんべが次第に重うなったことでおじゃる。始はそれもさばかりに、え堪えまじいとは覚えなんだが、やがて河の真唯中へさしかかったと思うほどに、白衣のわらんべが重みは愈《いよいよ》増いて、今は恰《あたか》も大磐石《だいばんじゃく》を負いないているかと疑われた。ところで遂《つい》には「きりしとほろ」も、あまりの重さに圧し伏されて、所詮《しょせん》はこの流沙河に命を殞《おと》すべいと覚悟したが、ふと耳にはいって来たは、例の聞き慣れた四十雀の声じゃ。はてこの闇夜に何として、小鳥が飛ぼうぞと訝《いぶか》りながら、

頭を擡《もた》げて空を見たれば、不思議やわらんべの面《おもて》をめぐって、三日月ほどな金光が燦《さん》爛《らん》と円く輝いたに、四十雀はみな嵐をものともせず、その金光のほとりに近く、紛々と躍り狂って居った。これを見た山男は、小鳥さえかくは雄々しいに、おのれは人間と生まれながら、なじかは三年の勤行《ごんぎょう》を一夜に捨つべいと思いつろう。あの葡萄蔓《えびかずら》にも紛《まが》おうず髪をさっさっと空に吹き乱いて、寄せては返す荒波に乳のあたりまで洗わせながら、太杖も折れよとつき固めて、必死に目ざす岸へと急いだ。

それが凡そ一時《とき》あまり、四苦八苦の内に続いたでおじゃろう。「きりしとほろ」は漸く向うの岸へ、戦い疲れた獅子王《ししおう》のけしきで、喘《あえ》ぎ喘ぎよろめき上ると、柳の太杖を砂にさいて、肩のわらんべを抱き下しながら、吐息をついて申したは、

「はてさて、おぬしと云うわらんべの重さは、海山量り知れまじいぞ」とあったに、わらんべはにっこと微笑んで、頭上の金光を嵐の中に一きわ燦然ときらめかいながら、山男の顔を仰ぎ見て、さも懐《なつ》しげに答えたは、

「さもあろうず。おぬしは今宵と云う今宵こそ、世界の苦しみを身に荷《にな》うた『えす・きりしと』を負いないたのじゃ」と、鈴を振るような声で申した。……………

その夜この方流沙河のほとりには、あの渡し守の山男がむくつけい姿を見せずなった。唯後《あと》に残ったは、向うの岸の砂にさいた、したたかな柳の太杖で、これには枯れ枯れな幹のまわりに、不思議や麗《うるわ》しい紅《くれない》の薔薇の花が、薫《かぐわ》しく咲き誇って居ったと申す。されば馬太《またい》の御経《おんきょう》*にも記《しる》いた如く「心の貧しいものは仕合せじゃ。一定《いちじょう》天国はその人のものとなろうずる」

黒衣聖母

——この涙の谷に呻《うめ》き泣きて、御身《おんみ》に願ひをかけ奉《たてまつ》る。……御身の憐《あはれ》みの御眼をわれらに廻《めぐ》らせ給《たま》へ。……深く御柔軟、深く御哀憐《ごあいれん》、すぐれて甘《うま》くまします「びるぜん、さんたまりや」様——

——和訳「けれんど」*——

「どうです、これは」

田代君はこう云《い》いながら、一体の麻利耶観音《マリヤかんのん》*を卓子《テーブル》の上へ載せて見せた。

麻利耶観音と称するのは、切支丹宗門《きりしたんしゅうもん》*禁制時代の天主教徒が、屡《しばしば》聖母麻利耶の代りに礼拝《らいはい》した、多くは白磁《はくじ》の観音像である。が、今田代君が見せてくれたのは、その麻利耶観音の中でも、博物館の陳列室や世間普通の蒐集家《しゅうしゅうか》のキャビネットにあるようなものではない。第一これは顔を除いて、他は悉《ことごと》く黒檀《こくたん》*を刻んだ、一尺ばかりの立像である。のみならず頸《くび》のまわりへ懸けた十字架形の瓔珞《ようらく》*も、金と青貝とを象嵌《ぞうがん》した、極めて精巧な細工らしい。その上顔は美しい牙彫《げぼ》*りで、しかも脣《くちびる》には珊瑚《さんご》のような、一点の朱まで加えてある。……

私は黙って腕を組んだ儘《まま》、暫《しばら》くはこの黒衣聖母の美しい顔を眺《なが》めていた。が、眺めている内に、何か怪しい表情が、象牙《ぞうげ》の顔の何処《どこ》だかに、漂っているような心もちがした。いや、怪しいと云ったのでは物足りない。私にはその顔全体が、或《ある》悪意を帯びた嘲笑《ちょうしょう》を漲《みなぎ》らしているような気さえしたのである。

「どうです、これは」

田代君はあらゆる蒐集家に共通な矜誇《ほこり》の微笑を浮べながら、卓子の上の麻利耶観音と私の顔とを見比べて、もう一度こう繰返した。

「これは珍品ですね。が、何だかこの顔は、無気味な所があるようじゃありませんか」

「円満具足の相好《そうごう》とは行きませんかな。そう云えばこの麻利耶観音には、妙な伝説が附随しているのです」

「妙な伝説?」

私は眼を麻利耶観音から、思わず田代君の顔に移した。田代君は存外真面目《まじめ》な表情を浮べながら、ちょいとその麻利耶観音を卓子の上から取り上げたが、すぐに又元の位置に戻して、

「ええ、これは禍《わざわい》を転じて福《さいわい》とする代りに、福《さいわい》を転じて禍《わざわい》とする、縁起の悪い聖母だ

と云う事ですよ」

「まさか」

「ところが実際そう云う事実が、持ち主にあったと云うのです」

田代君は椅子《いす》に腰を下すと、殆《ほとんど》物思わしげなとも形容すべき、陰鬱《いんうつ》な眼つきになりながら、私にも卓子の向うの椅子へかけろと云う手真似《てまね》をして見せた。

「ほんとうですか」

私は椅子へかけると同時に、我知らず怪しい声を出した。田代君は私より一二年前《ぜん》に大学を卒業した、秀才の聞えの高い法学士である。且《かつ》又私の知っている限り、所謂《いわゆる》超自然的現象には寸毫《すんごう》*の信用も置いていない、教養に富んだ新思想家である。その田代君がこんな事を云い出す以上、まさかその妙な伝説と云うのも、荒唐無稽《こうとうむけい》な怪談ではあるまい。——

「ほんとうですか」

私が再《ふたたび》こう念を押すと、田代君は燐寸《まっち》の火を徐《おもむろ》にパイプへ移しながら、

「さあ、それはあなた自身の御判断に任せるより外はありますまい。が、兎《と》も角《かく》もこの麻利耶観音には、気味の悪い因縁《いんねん》があるのだそうです。御退屈でなければ、御話しますが。——」

この麻利耶観音は、私の手にはいる以前、新潟県の或町の稲見《いなみ》と云う素封家にあったのです。勿論骨董《もちろんこっとう》としてあったのではなく、一家の繁栄を祈るべき宗門神《しゅうもんじん》*としてあったのですが。

その稲見の当主と云うのは、丁度私と同期の法学士で、これが会社にも関係すれば、銀行にも手を出していると云う、まあ仲々の事業家なのです。そんな関係上、私も一二度稲見の為に、或便宜を計ってやった事がありました。その礼心《れいごころ》だったのでしょう。稲見は或年上京した序《ついで》に、この家重代の麻利耶観音を私にくれて行ったのです。

私の所謂妙な伝説と云うのも、その時稲見の口から聞いたのですが、彼自身は勿論そう云う不思議を信じている訳でも何でもありません。ただ、母親から聞かされた通り、この聖母の謂《い》われ因縁をざっと説明しただけだったのです。

何でも稲見の母親が十《とお》か十一の秋だったそうです。年代にすると、黒船《くろふね》が浦賀の港を擾《さわ》がせた嘉永《かえい》の末年*にでも当りますか――その母親の弟になる、茂作《もさく》と云う八ツばかりの男の子が、重い麻疹《はしか》に罹《かか》りました。稲見の母親はお栄《えい》と云って、二三年前《ぜん》の疫病に父母共世を去って以来、この茂作と姉弟《きょうだい》二人、もう七十を越した祖母の手に育てられて来たのだそうです。ですから茂作が重病になると、稲見には曾祖母《そうそぼ》に当る、その切髪《きりがみ》*の隠居の心配と云うものは、一通りや二通りではありません。が、いくら医者が手を尽しても、茂作の病気は重くなるばかりで、殆《ほとんど》一週間と経《た》たない内に、もう今日か明日かと云う容態《ようだい》になってしまいました。するとある夜《よ》の事、お栄のよく寝入っている部屋へ、突然祖母がはいって来て、眠むがるのを無理に抱き起してから、人手も借りず甲斐々々《かいがい》しく、ちゃんと著物《きもの》を著換えさせたそうです。お栄はまだ夢でも見ているような、ぼんやりした心もちでいましたが、祖母はすぐにその手を引いて、うす暗い雪洞《ぼんぼり》に人気のない廊下を照らしながら、昼でも滅多にはいった事のない土蔵へお栄をつれて行きました。

土蔵の奥には昔から、火伏せの稲荷《いなり》*が祀《まつ》ってあると云う、白木《しらき》の御宮がありました。祖母は帯の間から鍵《かぎ》を出して、その御宮の扉を開けましたが、今雪洞の光に透かして見ると、古びた錦《にしき》の御戸張《みとちょう》*の後《うしろ》に、端然と立っている御神体は、外でもない、この麻利耶観音なのです。お栄はそれを見ると同時に、急に蟀《こおろぎ》の鳴く声さえしない真夜中の土蔵が怖くなって、思わず祖母の膝《ひざ》に縋《すが》りついた儘、しくしく泣き出してしまいました。が、祖母は何時《いつ》もと違って、お栄の泣くのにも頓著《とんじゃく》せず、その麻利耶観音の御宮の前に坐りながら、恭《うやうや》しく額に十字を切って、何かお栄にわからない御祈禱《ごきとう》をあげ始めたそうです。

それが凡《およ》そ十分あまりも続いてから、祖母は静《しず》かに孫娘を抱き起すと、怖がるのを頻《しきり》になだめなだめ、自分の隣に坐らせました。そうして今度はお栄にもわかるように、この黒檀《こくたん》の麻利耶観音へ、こんな願《がん》をかけ始めました。

「童貞聖麻利耶《ビルゼンサンタマリヤ》様、私が天にも地にも、杖柱《つえはしら》と頼んで居りますのは、当年八歳の孫の茂作と、此処《ここ》につれて参りました姉のお栄ばかりでございます。お栄もまだ御覧の通り、婿《むこ》をとる程の年でもございません。もし唯今《ただいま》茂作の身に万一の事でもございましたら、稲見の家は明日が日にも世嗣《よつ》ぎが絶えてしまうのでございます。そのような不祥がございませんように、どうか茂作の一命を御守りなすって下さいまし。それも私風情《ふぜい》の信心には及ばない事でございましたら、せめては私の息のございます限り、茂作の命を御助け下さいまし。私もとる年でございますし、霊魂《アニマ》*を天主《デウス》に御捧《おささ》げ申すのも、長い事ではございますまい。しかし、それまでには孫のお栄も、不慮の災難でもございませなんだら、大方年頃になるでございましょう。何卒《なにとぞ》私が目をつぶりますまででよろしゅうございますから、死の天使《アンジョ》の御剣《おんつるぎ》が茂作の体に触れませんよう、御慈悲を御垂れ下さいまし」

祖母は切髪の頭《かしら》を下げて、熱心にこう祈りました。するとその言葉が終った時、恐る恐る顔を擡《もた》げたお栄の眼には、気のせいか麻利耶観音が微笑したように見えたと云

うのです。お栄は勿論小さな声をあげて、又祖母の膝に縋りつきました。が、祖母は反《かえ》って満足そうに、孫娘の背をさすりながら、

「さあ、もうあちらへ行きましょう。麻利耶様は難有《ありがた》い事に、この御婆《おばあ》さんの御祈りを御聞き入れになって下すったからね」

と、何度も繰り返して云ったそうです。

さて明くる日になって見ると、成程祖母の願《がん》がかなったか、茂作は昨日よりも熱が下って、今まではまるで夢中だったのが、次第に正気さえついて来ました。この容子《ようす》を見た祖母の喜びは、仲々口には尽せません。何でも稲見の母親は、その時祖母が笑いながら、涙をこぼしていた顔が、未《いま》だに忘れられないとか云っているそうです。その内に祖母は病気の孫がすやすや眠り出したのを見て、自分も連夜の看病疲れを暫《しばら》く休める心算《つもり》だったのでしょう。病間の隣へ床《とこ》をとらせて、珍らしく其処《そこ》へ横になりました。

その時お栄は御弾《おはじ》きをしながら、祖母の枕《まくら》もとに坐っていましたが、隠居は精根も尽きる程、疲れ果てていたと見えて、まるで死んだ人のように、すぐに寝入ってしまったとか云う事です。ところがかれこれ一時間ばかりすると、茂作の介抱をしていた年輩の女中が、そっと次の間の襖《ふすま》を開けて、「御嬢様ちょいと御隠居様を御起し下さ

いまし」と、慌《あわ》てたような声で云いました。そこでお栄は子供の事ですから、早速祖母の側《そば》へ行って、「御婆さん、御婆さん」と二三度搔巻《かいま》きの袖《そで》を引いたそうです。が、どうしたのかふだんは眼慧《めざと》い祖母が、今日に限っていくら呼んでも返事をする気色《けしき》さえ見えません。その内に女中も不審そうに、病間からこちらへはいって来ましたが、これは祖母の顔を見ると、気でも違ったかと思う程、いきなり隠居の搔巻きに縋りついて、「御隠居様、御隠居様」と、必死の涙声を挙げ始めました。けれども祖母は眼のまわりにかすかな紫の色を止《とど》めた儘、やはり身動きもせずに眠っています。と間もなくもう一人の女中が、慌《あわただ》しく襖を開けたと思うとこれも、色を失った顔を見せて、「御隠居様、――坊ちゃんが――御隠居様」と、震え声で呼び立てました。勿論この女中の「坊ちゃんが――」は、お栄の耳にも明かに、茂作の容態の変った事を知らせる力があったのです。が、祖母は依然として、今は枕もとに泣き伏した女中の声も聞えないように、じっと眼をつぶっているのでした。……

茂作もそれから十分ばかりの内に、とうとう息を引き取りました。麻利耶観音は約束通り、祖母の命のある間は、茂作を殺さずに置いたのです。

田代君はこう話し終ると、又陰鬱な眼を挙げて、じっと私の顔を眺めた。

「どうです。あなたにはこの伝説が、ほんとうにあったとは思われませんか」

私はためらった。

「さあ――しかし――どうでしょう」

田代君は暫く黙っていた。が、やがて煙の消えたパイプへもう一度火を移すと、

「私はほんとうにあったかとも思うのです。唯、それが稲見家の聖母のせいだったかどうかは、疑問ですが、――そう云えば、まだあなたはこの麻利耶観音の台座の銘を御読みにならなかったでしょう。御覧なさい。此処に刻んである横文字を。――

「汝の祈禱、神々の定め給う所を動かすべしと望む勿れ」の意。＊

DESINE FATA DEUM LECTI SPERARE PRECANDO……」

私はこの運命それ自身のような麻利耶観音へ、思わず無気味な眼を移した。聖母は黒檀の衣《ころも》を纏《まと》った儘、やはりその美しい象牙の顔に、或悪意を帯びた嘲笑を永久に冷然と湛《たた》えている。――

神神の微笑

或《ある》春の夕《ゆうべ》、Padre Organtino*はたった一人、長いアビト（法衣《ほうえ》*）の裾《すそ》を引きながら、南蛮寺《なんばんじ》の庭を歩いていた。

庭には松や檜《ひのき》の間に、薔薇《ばら》だの、橄欖《かんらん》*だの、月桂《げっけい》*だの、西洋の植物が植えてあった。殊《こと》に咲き始めた薔薇の花は、木木を幽《かす》かにする夕明りの中に、薄甘い匂《におい》を漂わせていた。それはこの庭の静寂に、何か日本とは思われない、不可思議な魅力を添えるようだった。

オルガンティノは寂しそうに、砂の赤い小径《こみち》を歩きながら、ぼんやり追憶に耽《ふけ》っていた。羅馬《ローマ》*の大本山、リスボア*の港、羅面琴《ラベイカ》*の音、巴旦杏《はたんきょう》*の味、「御主《おんあるじ》、わがアニマ（霊魂）の鏡」の歌――そう云《い》う思い出は何時《いつ》の間にか、この紅毛の沙門《しゃもん》の心へ、懐郷の悲しみを運んで来た。彼はその悲しみを払う為に、そっと泥烏須《デウス》（神）の御名《みな》を唱えた。が、悲しみは消えないばかりか、前よりも一層彼の胸へ、重苦しい空気を拡《ひろ》げ出した。

「この国の風景は美しい。――」

オルガンティノは反省した。

「この国の風景は美しい。気候もまず温和である。土人は、――あの黄面《おうめん》の小人《こびと》よりも、まだしも黒ん坊がましかも知れない。しかしこれも大体の気質は、親しみ易《やす》い処《ところ》がある。のみならず信徒も近頃では、何万かを数える程になった。現にこの首府のまん中にも、こう云う寺院が聳《そび》えている。して見れば此処《ここ》に住んでいるのは、たとい愉快ではないにしても、不快にはならない筈《はず》ではないか？　が、自分はどうかすると、憂鬱《ゆううつ》の底に沈む事がある。リスボアの市《まち》へ帰りたい、この国を去りたいと思う事がある。これは懐郷の悲しみだけであろうか？　いや、自分はリスボアでなくとも、この国を去る事が出来さえすれば、どんな土地へでも行きたいと思う。支那《しな》でも、沙室《シャム》*でも、印度《インド》でも、――つまり懐郷の悲しみは、自分の憂鬱の全部ではない。自分は唯《ただ》この国から、一日も早く逃《のが》れたい気がする。しかし――しかしこの国の風景は美しい。気候もまず温和である。……」

オルガンティノは吐息をした。この時偶然彼の眼は、点点と木かげの苔《こけ》に落ちた、仄白《ほのじろ》い桜の花を捉《とら》えた。桜！　オルガンティノは驚いたように、薄暗い木立ちの間を見つめた。其処《そこ》には四五本の棕櫚《しゅろ》の中に、枝を垂らした糸桜が一本、夢のように花を煙《けぶ》らせていた。

「御主《おんあるじ》守らせ給《たま》え！」

オルガンティノは一瞬間、降魔*の十字を切ろうとした。実際その瞬間彼の眼には、この夕闇《ゆうやみ》に咲いた枝垂桜《しだれざくら》が、それ程無気味に見えたのだった。無気味に、――と云うよりも寧《むし》ろこの桜が、何故《なぜ》か彼を不安にする、日本そのもののように見えたのだった。が、彼は刹那《せつな》の後《のち》、それが不思議でも何でもない、唯の桜だった事を発見すると、恥しそうに苦笑しながら、静かに又もと来た小径へ、力のない歩みを返して行った。

＊　＊　＊

三十分の後《のち》、彼は南蛮寺の内陣*に、泥烏須《デウス》へ祈禱《きとう》を捧《ささ》げていた。其処には唯円天井《まるてんじょう》から、吊《つ》るされたランプがあるだけだった。そのランプの光の中に、内陣を囲んだフレスコ*の壁には、サン・ミグエル*が地獄の悪魔と、モオゼ*の屍骸《しがい》を争っていた。が、勇ましい大天使は勿論《もちろん》、吼《たけ》り立った悪魔さえも、今夜は朧《おぼろ》げな光の加減か、妙にふだんよりは優美に見えた。それは又事によると、祭壇の前に捧げられた、水水しい薔薇や金雀花《えにしだ》*が、匂っているせいかも知れなかった。彼はその祭壇の後《うしろ》に、じっと頭を垂れた儘《まま》、熱心にこう云う祈禱を凝らした。

「南無《なむ》大慈大悲の泥烏須如来《にょらい》！　私はリスボアを船出した時から、一命はあなたに奉《たてまつ》って居《お》ります。ですから、どんな難儀に遇《あ》っても、十字架の御威光を輝かせる為には、一歩も怯《ひる》まずに進んで参りました。これは勿論私一人の、能《よ》くする所ではございません。皆天地の御主、あなたの御恵《おんめぐみ》でございます。が、この日本に住んでいる内に、私はおいおい私の使命が、どの位難《かた》いかを知り始めました。この国には山にも森にも、或《あるい》は家家の並んだ町にも、何か不思議な力が潜んで居ります。そうしてそれが冥冥《めいめい》の中に、*私の使命を妨げて居ります。さもなければ私はこの頃のように、何の理由もない憂鬱の底へ、沈んでしまう筈はございますまい。ではその力とは何であるか、それは私にはわかりません。が、兎《と》に角《かく》その力は、丁度地下の泉のように、この国全体へ行き渡って居ります。まずこの力を破らなければ、おお、南無大慈大悲の泥烏須如来！　邪宗に惑溺《わくでき》した日本人は波羅葦僧《はらいそ》（天界）の荘厳《しょうごん》を拝する事も、永久にないかも存じません。私はその為にこの何日か、煩悶《はんもん》に煩悶を重ねて参りました。どうかあなたの下部《しもべ》、オルガンティノに、勇気と忍耐とを御授け下さい。――」

その時ふとオルガンティノは、鶏の鳴き声を聞いたように思った。が、それには注意もせず、更にこう祈禱の言葉を続けた。

「私は使命を果す為には、この国の山川に潜んでいる力と、――多分は人間に見えない霊と、戦わなければなりません。あなたは昔紅海《こうかい》の底に、埃及《エジプト》の軍勢を御沈めになりました。*この国の霊も力強い事は、埃及の軍勢に劣りますまい。どうか古《いにしえ》の予言者*

のように、私もこの霊との戦《たたかい》に、……」

祈禱の言葉は何時の間にか、彼の脣《くちびる》から消えてしまった。今度は突然祭壇のあたりに、けたたましい鶏鳴が聞えたのだった。オルガンティノは不審そうに、彼の周囲を眺《なが》めまわした。すると彼の真後には、白白と尾を垂れた鶏が一羽、祭壇の上に胸を張った儘、もう一度、夜《よ》でも明けたように鬨《とき》をつくっているではないか？

オルガンティノは飛び上るが早いか、アビトの両腕を拡げながら、倉皇《そうこう》*とこの鳥を逐《お》い出そうとした。が、二足三足踏み出したと思うと、「御主《おんあるじ》」と、切れ切れに叫んだなり、茫然《ぼうぜん》と其処へ立ちすくんでしまった。この薄暗い内陣の中には、何時何処《どこ》からはいって来たか、無数の鶏が充満している、――それが或は空を飛んだり、或は其処此処と駈けまわったり、殆《ほとん》ど彼の眼に見える限りは、鶏冠《とさか》の海にしているのだった。

「御主、守らせ給え！」

彼は又十字を切ろうとした。が、彼の手は不思議にも、万力《まんりき》*か何かに挟まれたように、一寸《いっすん》とは自由に動かなかった。その内にだんだん内陣の中には、榾火《ほたび》*の明りに似た赤光《しゃっこう》が、何処からとも知らず流れ出した。オルガンティノは喘《あえ》ぎ喘ぎ、この光がさし始めると同時に、朦朧《もうろう》とあたりへ浮んで来た、人影があるのを発見した。

人影は見る間に鮮かになった。それはいずれも見慣れない、素朴《そぼく》な男女の一群《ひとむれ》だった。彼等は皆頸《くび》のまわりに、緒《お》にぬいた玉を飾りながら、愉快そうに笑い興じていた。内陣に群がった無数の鶏は、彼等の姿がはっきりすると、今までよりは一層高らかに、何羽も鬨をつくり合った。同時に内陣の壁は、——サン・ミグエルの画を描いた壁は、霧のように夜《よる》へ呑《の》まれてしまった。その跡には、——

日本の Bacchanalia*は、呆気《あっけ》にとられたオルガンティノの前へ、蜃気楼《しんきろう》のように漂って来た。彼は赤い篝《かがり》の火影《ほかげ》に、古代の服装をした日本人たちが、互いに酒を酌《く》み交しながら、車座をつくっているのを見た。そのまん中には女が一人、——日本ではまだ見た事のない、堂堂とした体格の女が一人、大きな桶《おけ》を伏せた上に、踊り狂っているのを見た。桶の後ろには小山のように、これもまた逞《たくま》しい男が一人、根こぎにしたらしい榊《さかき》の枝に、玉だの鏡だのが下ったのを、悠然と押し立てているのを見た。彼等のまわりには数百の鶏が、尾羽根や鶏冠をすり合せながら、絶えず嬉《うれ》しそうに鳴いているのを見た。そのまた向うには、——オルガンティノは、今更のように、彼の眼を疑わずにはいられなかった。——そのまた向うには夜霧の中に、岩屋の戸らしい一枚岩が、どっしりと聳えているのだった。

桶の上にのった女は、何時までも踊《おどり》をやめなかった。彼女の髪を巻いた蔓《つる》は、ひらひらと空に飜《ひるがえ》った。彼女の頸に垂れた玉は、何度も霰《あられ》のように響き合った。彼女の手にとった小笹《おざさ》の枝は、縦横に風を打ちまわった。しかもその露《あら》わにした胸！ 赤い篝火の光の中に、艶艶《つやつや》と浮び出た二つの乳房《ちぶさ》は、殆どオルガンティノの眼には、情慾そのものとしか思われなかった。彼は泥烏須を念じながら、一心に顔をそむけようとした。が、やはり彼の体は、どう云う神秘な呪《のろい》の力か、身動きさえ楽には出来なかった。

その内に突然沈黙が、幻の男女たちの上へ降《くだ》った。桶の上に乗った女も、もう一度正気に返ったように、やっと狂わしい踊をやめた。いや、鳴き競っていた鶏さえ、この瞬間は頸を伸ばした儘、一度にひっそりとなってしまった。するとその沈黙の中に、永久に美しい女の声が、何処からか厳かに伝わって来た。

「私が此処に隠《こも》っていれば、世界は暗闇になった筈ではないか？ それを神神は楽しそうに、笑い興じていると見える」

その声が夜空に消えた時、桶の上にのった女は、ちらりと一同を見渡しながら、意外な程しとやかに返事をした。

「それはあなたにも立ち勝《まさ》った、新しい神がおられますから、喜び合っておるのでございます」

その新しい神と云うのは、泥烏須を指しているのかも知れない。——オルガンティノはちょいとの間、そう云う気もちに励まされながら、この怪しい幻の変化に、やや興味のある眼を注いだ。

　沈黙は少時《しばらく》破れなかった。が、忽《たちま》ち鶏の群が、一斉《いっせい》に鬨をつくったと思うと、向うに夜霧を堰《せ》き止めていた、岩屋の戸らしい一枚岩が、徐《おもむ》ろに左右へ開き出した。そうしてその裂《さ》け目《め》からは、言句《ごんく》に絶した万道《ばんどう》の霞光《かこう》*が、洪水のように漲《みなぎ》り出した。

　オルガンティノは叫ぼうとした。が、舌は動かなかった。オルガンティノは逃げようとした。が、足も動かなかった。彼は唯大光明の為に、烈《はげ》しい眩暈《めまい》が起るのを感じた。そうしてその光の中に、大勢の男女の歓喜する声が、澎湃《ほうはい》*と天に昇るのを聞いた。

「大日孁貴《おおひるめむち》*！　大日孁貴！　大日孁貴！」

「新しい神なぞはおりません。新しい神なぞはおりません」

「あなたに逆うものは亡《ほろ》びます」

「御覧なさい。闇が消え失《う》せるのを」

「見渡す限り、あなたの山、あなたの森、あなたの川、あなたの町、あなたの海です」

「新しい神なぞはおりません。誰も皆あなたの召使です」

「大日孁貴！　大日孁貴！　大日孁貴！」

　そう云う声の湧《わ》き上る中に、冷汗になったオルガンティノは、何か苦しそうに叫んだきりとうとう其処へ倒れてしまった。……………………

その夜《よ》も三更*に近づいた頃、オルガンティノは失心の底から、やっと意識を恢復《かいふく》した。彼の耳には神神の声が、未《いま》だに鳴り響いているようだった。が、あたりを見廻すと、人音も聞えない内陣には、円天井のランプの光が、さっきの通り朦朧《もうろう》と壁画を照らしているばかりだった。オルガンティノは呻《うめ》き呻き、そろそろ祭壇の後《うしろ》を離れた。あの幻にどんな意味があるか、それは彼にはのみこめなかった。しかしあの幻を見せたものが、泥烏須でない事だけは確かだった。

「この国の霊と戦うのは、……」

オルガンティノは歩きながら、思わずそっと独り語《ごと》を洩《も》らした。

「この国の霊と戦うのは、思ったよりもっと困難らしい。勝つか、それとも又負けるか、――」

するとその時彼の耳に、こう云う囁《ささや》きを送るものがあった。

「負けですよ！」

オルガンティノは気味悪そうに、声のした方を透かして見た。が、其処には相不変《あいかわらず》、仄暗《ほのぐら》い薔薇や金雀花の外に、人影らしいものも見えなかった。

オルガンティノは翌日の夕《ゆうべ》も、南蛮寺の庭を歩いていた。しかし彼の碧眼《へきがん》には、何処か嬉《うれ》しそうな色があった。それは今日一日の内に、日本の侍が三四人、奉教人の列にはいったからだった。

庭の橄欖《かんらん》や月桂《げっけい》は、ひっそりと夕闇に聳えていた。唯その沈黙が擾《みだ》されるのは、寺の鳩《はと》が軒へ帰るらしい、中空《なかぞら》の羽音《はおと》より外はなかった。薔薇の匂《におい》、砂の湿り、――一切は翼のある天使たちが、「人の女子《おみなご》の美しきを見て」妻を求めに降って来た、＊古代の日の暮のように平和だった。

「やはり十字架の御威光の前には、穢《けが》らわしい日本の霊の力も、勝利を占める事はむずかしいと見える。しかし昨夜《ゆうべ》見た幻は？――いや、あれは幻に過ぎない。悪魔はアントニオ上人《しょうにん》＊にも、ああ云う幻を見せたではないか？　その証拠には今日になると、一度に何人かの信徒さえ出来た。やがてはこの国も至る所に、天主の御寺《みてら》が建てられるであろう」

オルガンティノはそう思いながら、砂の赤い小径《こみち》を歩いて行った。すると誰か後から、そっと肩を打つものがあった。彼はすぐに振り返った。しかし後には夕明りが、径を挟んだ篠懸《すずかけ》の若葉に、うっすりと漂っているだけだった。

「御主。守らせ給え！」

彼はこう呟《つぶや》いてから、徐ろに頭《かしら》をもとへ返した。と、彼の傍《かたわら》には、何時《いつ》の間に其処《そこ》へ忍び寄ったか、昨夜の幻に見えた通り、頸に玉を巻いた老人が一人、ぼんやり姿を煙らせた儘《まま》、徐ろに歩みを運んでいた。

「誰だ、お前は？」

不意を打たれたオルガンティノは、思わず其処へ立ち止まった。

「私は、――誰でもかまいません。この国の霊の一人です」

老人は微笑を浮べながら、親切そうに返事をした。

「まあ、御一緒に歩きましょう。私はあなたと少時《しばらく》の間、御話しする為に出て来たのです」

オルガンティノは十字を切った。が、老人はその印《しるし》に、少しも恐怖を示さなかった。

「私は悪魔ではないのです。御覧なさい、この玉やこの剣を。地獄の炎に焼かれた物なら、こんなに清浄ではいない筈《はず》です。さあ、もう呪文《じゅもん》なぞを唱えるのはおやめなさい」

オルガンティノはやむを得ず、不愉快そうに腕組をした儘、老人と一しょに歩き出した。

「あなたは天主教*を弘《ひろ》めに来ていますね、――」

老人は静かに話し出した。

「それも悪い事ではないかも知れません。しかし泥烏須《デウス》もこの国へ来ては、きっと最後には負けてしまいますよ」

「泥烏須は全能の御主だから、泥烏須に、――」

オルガンティノはこう云いかけてから、ふと思いついたように、何時もこの国の信徒に対する、叮嚀《ていねい》な口調を使い出した。

「泥烏須に勝つものはない筈です」

「ところが実際はあるのです。まあ、御聞きなさい。はるばるこの国へ渡って来たのは、泥烏須ばかりではありません。孔子《こうし》*、孟子《もうし》*、荘子《そうし》*、――その外支那からは哲人たちが、何人もこの国へ渡って来ました。しかも当時はこの国が、まだ生まれたばかりだったのです。支那の哲人たちは道の外にも、呉《ご》*の国の絹だの秦《しん》*の国の玉だの、いろいろな物を持って来ました。いや、そう云う宝よりも尊い、霊妙な文字さえ持って来たのです。が、支那はその為に、我我を征服出来たでしょうか？　たとえば文字を御覧なさい。文字は我我を征服する代りに、我我の為に征服されました。私が昔知っていた土人に、柿《かき》の本《もと》の人麻呂《ひとまろ》と云う詩人があります。その男の作った七夕の歌*は、今でもこの国に残っていますが、あれを読んで御覧なさい。牽牛織女《けんぎゅうしょくじょ》*はあの中に見出《みいだ》す事は出来ません。あそこに歌われた恋人同士は、飽くまでも彦星《ひこぼし》と棚機津女《たなばたつめ》*とです。彼等の枕《まくら》に響いたのは、丁度この国の川のように、清い天の川の瀬音でした。支那の黄河や揚子江《ようすこう》に似た、銀河の浪音《なみおと》ではなかったのです。しかし私は歌の事より、文字の事を話さなければなりません。人麻呂はあの歌を記《しる》す為に、支那の文字を使いました。が、それは意味の為より、発音の為の文字だったのです。舟《しゅう》と云う文字がはいった後《のち》も、「ふね」は常に「ふね」だったのです。さもなければ我我の言葉は、支那語になっていたかも知れません。これは勿論《もちろん》人麻呂よりも、人麻呂の心を守っていた、我我この国の神の力です。のみならず支那の哲人たちは、書道をもこの国に伝えました。空海《くうかい》*、道風《とうふう》*、佐理《さり》*、行成《こうぜい》*――私は彼等のいる所に、何時も人知れず行っていました。彼等が手本にしていたのは、皆支那人の墨蹟《ぼくせき》です。しかし彼等の筆先からは、次第に新しい美が生れました。彼等の文字は何時の間にか、王羲之《おうぎし》*でもなければ褚遂《ちょすい》良《りょう》*でもない、日本人の文字になり出したのです。しかし我我が勝ったのは、文字ばかりではありません。我我の息《い》吹《ぶ》きは潮風のように、老儒の道*さえも和げました。この国の土人に尋ねて御覧なさい。彼等は皆孟子の著書は、我我の怒《いかり》に触れ易い為に、それを積んだ船があれば、必《かならず》覆《くつがえ》ると信じています。科戸《しなど》の神*はまだ一度も、そんな悪戯《いたずら》はしていません。が、そう云う信仰《しんこう》の中《うち》にも、この国に住んでいる我我の力は、朧《おぼろ》げながら感じられる筈です。あなたはそう思いませんか？」

オルガンティノは茫然と、老人の顔を眺め返した。この国の歴史に疎《うと》い彼には、折角の相手の雄弁も、半分はわからずにしまったのだった。

「支那の哲人たちの後《のち》に来たのは、印度《インド》の王子悉達多《したあるた》*です。――」

老人は言葉を続けながら、径ばたの薔薇の花をむしると、嬉しそうにその匂を嗅《か》いだ。が、薔薇はむしられた跡にも、ちゃんとその花が残っていた。唯老人の手にある花は色や形は同じに見えても、何処か霧のように煙っていた。

「仏陀《ぶっだ》*の運命も同様です。が、こんな事を一一御話しするのは、御退屈を増すだけかも知れません。唯気をつけて頂きたいのは、本地垂跡《ほんじすいじゃく》*の教《おしえ》の事です。あの教はこの国の土人に、大日孁貴《おおひるめむち》は大日如来《だいにちにょらい》*と同じものだと思わせました。これは大日孁貴の勝でしょうか？　それとも大日如来の勝でしょうか？　仮りに現在この国の土人に、大日孁貴は知らないにしても、大日如来は知っているものが、大勢あるとして御覧なさい。それでも彼等の夢に見える、大日如来の姿の中《うち》には、印度仏の面影《おもかげ》よりも、大日孁貴が窺《うかが》われはしないでしょうか？　私は親鸞《しんらん》*や日蓮《にちれん》*と一しょに、沙羅双樹《さらそうじゅ》*の花の陰も歩いています。彼等が随喜渇仰《かつごう》した仏は、円光のある黒人ではありません。優しい威厳に充《み》ち満ちた上宮太子《じょうぐうたいし》*などの兄弟です。――が、そんな事を長長と御話しするのは、御約束の通りやめにしましょう。つまり私が申上げたいのは、泥烏須のようにこの国に来ても、勝つものはないと云う事なのです」

「まあ、御待ちなさい。御前さんはそう云われるが、――」

オルガンティノは口を挟《さしはさ》んだ。

「今日などは侍が二三人、一度に御教《おんおしえ》に帰依《きえ》しましたよ」

「それは何人でも帰依するでしょう。唯《ただ》帰依したと云う事だけならば、この国の土人は大部分悉達多の教えに帰依しています。しかし我我の力と云うのは、破壊する力ではありません。造り変える力なのです」

老人は薔薇の花を投げた。花は手を離れたと思うと、忽《たちま》ち夕明りに消えてしまった。

「成程造り変える力ですか？　しかしそれはお前さんたちに、限った事ではないでしょう。何処の国でも、――たとえば希臘《ぎりしや》の神神と云われた、あの国にいる悪魔でも、――」

「大いなるパン*は死にました。いや、パンも何時かは又よみ返るかも知れません。しかし我我はこの通り、未《いま》だに生きているのです」

オルガンティノは珍しそうに、老人の顔へ横眼を使った。

「お前さんはパンを知っているのですか？」

「何、西国《さいごく》の大名の子たちが、＊西洋から持って帰ったと云う、横文字の本にあったのです。――それも今の話ですが、たといこの造り変える力が、我我だけに限らないでも、やはり油断はなりませんよ。いや、寧《むし》ろ、それだけに、御気をつけなさいと云いたいのです。我我は古い神ですからね。あの希臘の神神のように、世界の夜明けを見た神ですからね」

「しかし泥烏須は勝つ筈です」

オルガンティノは剛情に、もう一度同じ事を云い放った。が、老人はそれが聞えないように、こうゆっくり話し続けた。

「私はつい四五日前、西国の海辺に上陸した、希臘の船乗りに遇《あ》いました。その男は神ではありません。唯の人間に過ぎないのです。私はその船乗と、月夜の岩の上に坐りながら、いろいろの話を聞いて来ました。目一つの神につかまった話だの、人を豕《ぶた》にする女神の話だの、声の美しい人魚の話だの、――あなたはその男の名を知っていますか？　その男は私に遇った時から、この国の土人に変りました。今では百合若《ゆりわか》と＊名乗っているそうです。ですからあなたも御気をつけなさい。泥烏須も必《かならず》勝つとは云われません。天主教はいくら弘まっても、必勝つとは云われません」

老人はだんだん小声になった。

「事によると泥烏須自身も、この国の土人に変るでしょう。支那や印度も変ったのです。西洋も変らなければなりません。我我は木木の中にもいます。浅い水の流れにもいます。薔薇の花を渡る風にもいます。寺の壁に残る夕明りにもいます。何処にでも、又何時でもいます。御気をつけなさい。御気をつけなさい。………」

その声がとうとう絶えたと思うと、老人の姿も夕闇《ゆうやみ》の中へ、影が消えるように消えてしまった。と同時に寺の塔からは、眉《まゆ》をひそめたオルガンティノの上へ、アヴェ・マリア*の鐘が響き始めた。

＊　　　＊　　　＊

南蛮寺のパアドレ・オルガンティノは、――いや、オルガンティノに限った事ではない。悠悠とアビトの裾《すそ》を引いた、鼻の高い紅毛人は、黄昏《たそがれ》の光の漂った、架空の月桂や薔薇の中から、一双の屛風《びょうぶ》へ帰って行った。南蛮船入津《にゅうしん》*の図を描いた、三世紀以前の古屛風へ。

さようなら。パアドレ・オルガンティノ！　君は今君の仲間と、日本の海辺を歩きながら、金泥《きんでい》の霞《かすみ》に旗を挙げた、大きい南蛮船を眺めている。泥烏須が勝つか、大日孁貴が勝つか――それはまだ現在でも、容易に断定は出来ないかも知れない。が、やがては我我の事業が、断定を与うべき問題である。君はその過去の海辺から、静かに我我を見てい給え。たとい君は同じ屛風の、犬を曳《ひ》いた甲比丹《カピタン》*や、日傘《ひがさ》をさしかけた黒ん坊の子供と、忘却の眠《ねむり》に沈んでいても、新たに水平へ現れた、我我の黒船*の石火矢*の音は、必古めかしい君等の夢を破る時があるに違いない。それまでは、――さようなら。パアドレ・オルガンティノ！　さようなら。南蛮寺のウルガン伴天連《バテレン》*！

報恩記

阿媽港甚内《あまかわじんない》の話

わたしは甚内と云《い》うものです。苗字《みょうじ》は——さあ、世間ではずっと前から、阿媽港甚内と云っているようです。阿媽港甚内、——あなたもこの名は知っていますか？ いや、驚くには及びません。わたしはあなたの知っている通り、評判の高い盗人《ぬすびと》です。しかし今夜参ったのは、盗みにはいったのではありません。どうかそれだけは安心して下さい。

あなたは日本にいる伴天連《ばてれん》の中でも、道徳の高い人だと聞いています。して見れば盗人と名のついたものと、少時《すこし》でも一しょにいると云う事は、愉快ではないかも知れません。が、わたしも思いの外、盗みばかりしてもいないのです。何時《いつ》ぞや聚楽《じゅらく》の御殿へ召された、呂宋助左衛門《るそんすけざえもん》*の手代の一人も、確か甚内と名乗っていました。又利休《りきゅう》居士《こじ》*の珍重していた、「赤がしら」と称《とな》える水さしも、それも贈った連歌師《れんがし》の本名は、甚内とか云ったと聞いています。そう云えばつい二三年以前、阿媽港日記*と云う本を書いた、大村《おおむら》*あたりの通辞の名前も、甚内と云うのではなかったでしょうか？ その外三条河原《さんじょうがわら》の喧嘩《けんか》に、甲比丹《かぴたん》「まるどなど」を救った虚無僧《こむそう》、堺《さかい》の妙国寺＊門前に、南蛮の薬を売っていた商人、……そう云うものも名前を明かせば、何がし甚内だったのに違いありません。いや、それよりも大事なのは、去年この「さん・ふらんしすこ」の御寺《みてら》＊へ、おん母「まりや」の爪《つめ》を収めた、黄金の舎利塔《しゃりとう》を献じているのも、やはり甚内と云う信徒だった筈《はず》です。

しかし今夜は残念ながら、一々そう云う行状を話している暇はありません。唯《ただ》どうか阿媽港甚内は、世間一般の人間と余り変りのない事を信じて下さい。そうですか？　では出来るだけ手短かに、わたしの用向きを述べる事にしましょう。わたしは或《ある》男の魂《たましい》の為に、「みさ」の御祈りを願いに来たのです。いや、わたしの血縁のものではありません。と云っても亦《また》わたしの刃金《はがね》に、血を塗ったものでもないのです。名前ですか？　名前は、――さあ、それは明かして好《い》いかどうか、わたしにも判断はつきませせん。或る男の魂の為に、――或《あるい》は「ぽうろ」と云う日本人の為に、冥福《めいふく》を祈ってやりたいのです。いけませんか？――成程阿媽港甚内に、こう云う事を頼まれたのでは、手軽に受合う気にもなれますまい。では兎《と》に角《かく》一通り、事情だけは話して見る事にしましょう。しかしそれには生死を問わず、他言しない約束が必要です。あなたはその胸の十字架に懸けても、きっと約束を守りますか？――いや、失礼は赦《ゆる》して下さい。

（微笑）伴天連のあなたを疑うのは、盗人のわたしには僭上《せんじょう》でしょう。しかしこの約束を守らなければ、（突然真面目《まじめ》に）「いんへるの」の猛火に焼かれずとも、現世《げんぜ》に罰が下《くだ》る筈です。

もう二年あまり以前の話ですが、丁度或凩《こがらし》の真夜中です。わたしは雲水《うんすい》に姿を変えながら、京の町中《まちなか》をうろついていました。京の町中をうろついたのは、その夜《よ》に始まったのではありません。もうかれこれ五日ばかり、何時も初更《しょこう》*を過ぎさえすれば、必《かならず》人目に立たないように、そっと家家を窺《うかが》ったのです。勿論《もちろん》何の為だったかは、註を入れるにも及びますまい。殊《こと》にその頃は摩利伽《まりか》*へでも、一時渡っているつもりでしたから、余計に金の入用《いりよう》もあったのです。

町は勿論とうの昔に人通りを絶っていましたが、星ばかりきらめいた空中には、小やみもない風の音がどよめいています。わたしは暗い軒通《のきづた》いに、小川通《おがわどお》*りを下って来ると、ふと辻《つじ》を一つ曲った所に、大きい角《かど》屋敷のあるのを見つけました。これは京でも名を知られた、北条屋弥三右衛門《ほうじょうややそうえもん》の本宅です。同じ渡海を渡世にしていても、北条屋は到底角倉《すみのくら》*などと肩を並べる事は出来ますまい。しかし兎に角沙室《しゃむろ》や呂宋《るそん》へ、船の一二艘《そう》も出しているのですから、一かどの分限者《ぶげんしゃ》*には違いありません。わたしは何もこの家《うち》を目当に、うろついていたのではないのですが、丁度其処《そこ》へ来合わせたのを幸い、一稼《かせ》ぎする気を起しました。その上前にも云った通り、夜《よ》は深いし風も出ている、――わたしの商売にとりかかるのには、万事持って来いの寸法です。わたしは路《みち》ばたの天水桶《てんすいおけ》の後《うしろ》に、網代《あじろ》の笠《かさ》や杖《つえ》を隠した上、忽《たちま》ち高塀《たかべい》を乗り越えました。

世間の噂《うわさ》を聞いて御覧なさい。阿媽港甚内は、忍術を使う、――誰でも皆そう言っています。しかしあなたは俗人のように、そんな事は本当と思いますまい。わたしは忍術も使わなければ、悪魔も味方にはしていないのです。唯阿媽港にいた時分、葡萄牙《ぽるとがる》の船の医者に、究理の学問*を教わりました。それを実地に役立てさえすれば、大きい錠前を扭《ね》じ切ったり、重い閂《かんぬき》を外したりするのは、格別むずかしい事ではありません。(微笑)今までにない盗みの仕方、――それも日本と云う未開の土地は、十字架や鉄砲の渡来*と同様、やはり西洋に教わったのです。

わたしは一ときとたたない内に、北条屋の家《うち》の中にはいっていました。が、暗い廊下をつき当ると、驚いた事にはこの夜更《よふ》けにも、まだ火影《ほかげ》のさしているばかりか、話し声のする小座敷があります。それがあたりの容子《ようす》では、どうしても茶室に違いありません。「凩の茶か*」――わたしはそう苦笑しながら、そっと其処へ忍び寄りました。実際その時は人声のするのに、仕事の邪魔を思うよりも、数奇《すき》を凝らした囲いの中に、この家の主人や客に来た仲間が、どんな風流を楽しんでいるか?――そんな事に心が惹《ひ》かれたのです。

襖《ふすま》の外に身を寄せるが早いか、わたしの耳には思った通り、釜《かま》のたぎりがはいりました。が、その音がすると同時に、意外にも誰か話をしては、泣いている声が聞えるのです。誰か、——と云うよりもそれは二度と聞かずに、女だと云う事さえわかりました。こう云う大家《たいけ》の茶座敷に、真夜中女の泣いていると云うのは、どうせ唯事ではありません。わたしは息をひそめた儘《まま》、幸い明いていた襖の隙《すき》から、茶室の中を覗《のぞ》きこみました。

行燈《あんどん》の光に照された、古色紙《こしきし》らしい床《とこ》の懸け物。懸け花入の霜菊《しもぎく》の花。——囲いの中には御約束通り、物寂《ものさ》びた趣が漂っていました。その床の前、——丁度わたしの真正面に坐った老人は、主人の弥三右衛門でしょう、何か細かい唐草《からくさ》の羽織に、じっと両腕を組んだ儘、殆《ほとん》どよそ眼に見たのでは、釜の煮え音でも聞いているようです。弥三右衛門の下座《しもざ》には、品の好《よ》い笄髷《こうがいまげ》*の老女が一人、これは横顔を見せた儘、時々涙を拭《ぬぐ》っていました。

「いくら不自由がないようでも、やはり苦労だけはあると見える」——わたしはそう思いながら、自然と微笑を洩《も》らしたものです。微笑を、——こう云ってもそれは北条屋夫婦に、悪意があったのではありません。わたしのように四十年間、悪名ばかり負っているものには、他人の、――殊に幸福らしい他人の不幸は、自然と微笑を浮ばせるのです。（残酷な表情）その時もわたしは夫婦の歎《なげ》きが、歌舞伎《かぶき》を見るように愉快だったのです。（皮肉な微笑）しかしこれはわたし一人に、限った事ではありますまい。誰にも好まれる草紙と云えば、悲しい話にきまっているようです。

弥三右衛門は少時《しばらく》の後《のち》、吐息をするようにこう云いました。

「もうこの羽目になった上は、泣いても喚《わめ》いても取返しはつかない。わたしは明日にも店のものに、暇をやる事に決心をした」

その時又烈《はげ》しい風が、どっと茶室を揺すぶりました。それに声が紛れたのでしょう。弥三右衛門の内儀《ないぎ》の言葉は、何と云ったのだかわかりません。が、主人は頷《うなず》きながら、両手を膝《ひざ》の上に組み合せると、網代の天井《てんじょう》へ眼を上げました。太い眉《まゆ》、尖《とが》った頬骨《ほおぼね》、殊に切れの長い目尻《めじり》、――これは確かに見れば見る程、何時か一度は会っている顔です。

「おん主《あるじ》、『えす・きりすと』様。何とぞ我々夫婦の心に、あなた様の御力を御恵み下さい。…………」

弥三右衛門は眼を閉じた儘、御祈りの言葉を呟《つぶや》き始めました。老女もやはり夫のように、天帝の加護を乞《こ》うているようです。わたしはその間瞬《あいだまたた》きもせず、弥三右衛門の顔を見続けました。すると又凩の渡った時、わたしの心に閃《ひらめ》いたのは、二十年以前の記憶です。わたしはこの記憶の中に、はっきり弥三右衛門の姿を捉えました。

その二十年以前の記憶と云うのは、――いや、それは話すには及びますまい。唯手短に事実だけ云えば、わたしは阿媽港に渡っていた時、或日本の船頭に危《あや》うい命を助けて貰《もら》いました。その時は互に名乗りもせず、それなり別れてしまいましたが、今わたしの見た弥三右衛門は、当年の船頭に違いないのです。わたしは奇遇に驚きながら、やはりこの老人の顔を見守っていました。そう云えば威《い》かつい肩のあたりや、指節《ゆびふし》の太い手の恰好《かっこう》には、未《いまだ》に珊瑚礁《さんごしょう》の潮けむりや、白檀山《びゃくだんやま》の匂《にお》いがしみているようです。

弥三右衛門は長い御祈りを終ると、静かに老女へこう云いました。

「跡は唯何事も、天主の御意《ぎょい》次第と思うたが好《よ》い。――では釜のたぎっているのを幸い、茶でも一つ立てて貰おうか？」

しかし老女は今更のように、こみ上げる涙を堪《こら》えるように、消え入りそうな返事をしました。

「はい。――それでもまだ悔やしいのは、――」

「さあ、それが愚痴と云うものじゃ。北条丸の沈んだのも、抛《な》げ銀《ぎん》*の皆倒れたのも、――」

「いえ、そんな事ではございません。せめては忰《せがれ》の弥三郎でも、いてくれればと思うのでございますが、……」

わたしはこの話を聞いている内に、もう一度微笑が浮んで来ました。が、今度は北条屋の不運に、愉快を感じたのではありません。「昔の恩を返す時が来た」——そう思う事が嬉《うれ》しかったのです。わたしにも、御尋ね者の阿媽港甚内にも、立派に恩返しが出来る愉快さは、——いや、この愉快さを知るものは、わたしの外にはありますまい。（皮肉に）世間の善人は可哀《かあい》そうです。何一つ悪事を働かない代りに、どの位善行を施した時には、嬉しい心もちになるものか、——そんな事も碌《ろく》には知らないのですから。

「何、ああ云う人でなしは、居《お》らぬだけにまだしも仕合せな位じゃ。………」

弥三右衛門は苦苦《にがにが》しそうに、行燈へ眼を外らせました。

「あいつが使いおった金でもあれば、今度も急場だけは凌《しの》げたかも知れぬ。それを思えば勘当したのは、…………」

弥三右衛門はこう云ったなり、驚いたようにわたしを眺めました。これは驚いたのも無理はありません。わたしはその時声もかけずに、堺《さかい》の襖を明けたのですから。——しかもわたしの身なりと云えば、雲水に姿をやつした上、網代の笠を脱いだ代りに、南蛮頭巾《ずきん》*をかぶっていたのですから。

「誰だ、おぬしは？」

弥三右衛門は年をとっていても、咄嗟《とっさ》に膝を起しました。

「いや、御驚きになるには及びません。わたしは阿媽港甚内と云うものです。――まあ、御静かになすって下さい。阿媽港甚内は盗人ですが、今夜突然参上したのは、少し外にも訳があるのです。――」

わたしは頭巾を脱ぎながら、弥三右衛門の前に坐りました。

その後《のち》の事は話さずとも、あなたには推察出来るでしょう。わたしは北条屋の危急を救う為に、三日と云う日限を一日も違《たが》えず、六千貫の金を調達《ちょうだつ》する、恩返しの約束を結んだのです。――おや、誰か戸の外に、足音が聞えるではありませんか？　では今夜は御免下さい。いずれ明日《あす》か明後日《あさって》の夜《よ》、もう一度此処《ここ》へ忍んで来ます。あの大《おお》十字架《くるす》*の星の光は阿媽港の空には輝いていても、日本の空には見られません。わたしも丁度ああ云うように日本では姿を晦《くら》ませていないと、今夜「みさ」を願いに来た、「ぽうろ」の魂の為にもすまないのです。

何、わたしの逃げ途《みち》ですか？　そんな事は心配に及びません。この高い天窓からでも、あの大きい暖炉からでも、自由自在に出て行かれます。就いてはどうか呉呉《くれぐれ》も、恩人「ぽうろ」の魂の為に、一切他言は慎んで下さい。

北条屋弥三右衛門の話

伴天連《ばてれん》様、どうかわたしの懺悔《ざんげ》を御聞き下さい。御承知でも御座いましょうが、この頃世上に噂《うわさ》の高い、阿媽港甚内《あまかわじんない》と云う盗人がございます。根来寺《ねごろでら》*の塔に住んでいたのも、殺生関白《せっしょうかんぱく》*の太刀《たち》を盗んだのも、又遠い海の外では、呂宋《るそん》の太守を襲ったのも、皆あの男だとか聞き及びました。それがとうとう搦《から》めとられた上、今度一条戻り橋*のほとりに、曝《さら》し首になったと云う事も、或は御耳にはいって居りましょう。わたしはあの阿媽港甚内に一方《ひとかた》ならぬ大恩を蒙《こうむ》りました。が、又大恩を蒙っただけに、唯今《ただいま》では何とも申しようのない、悲しい目にも遇《あ》ったのでございます。どうかその仔細《しさい》を御聞きの上、罪びと北条屋弥三右衛門にも、天帝の御《ご》愛憐《あいれん》を御祈り下さい。

　丁度今から二年ばかり以前の、冬の事でございます。ずっとしけばかり続いた為に、持ち船の北条丸は沈みますし、抛げ銀は皆倒れますし、――それやこれやの重なった揚句、北条屋一家は分散の外に、仕方のない羽目になってしまいました。御承知の通り町人には、取引き先はございましても、友だちと申すものはございません。こうなればもう我我の家業は、うず潮に吸われた大船《たいせん》も同様、まっ逆様に奈落の底へ、落ちこむばかりなのでございます。すると或夜、——今でもこの夜《よ》の事は忘れません。或凩《こがらし》の烈《はげ》しい夜《よる》でございましたが、わたし共夫婦は御存知の囲いに、夜の更《ふ》けるのも知らず話して居りました。其処《そこ》へ突然はいって参ったのは、雲水の姿に南蛮頭巾をかぶった、あの阿媽港甚内でございます。わたしは勿論《もちろん》驚きもすれば、又怒《いか》りも致しました。が、甚内の話を聞いて見ますと、あの男はやはり盗みを働きに、わたしの宅へ忍びこみましたが、茶室には未《いま》だ火影《ほかげ》ばかりか、人の話し声が聞えている、そこで襖《ふすま》越《ご》しに、覗《のぞ》いて見ると、この北条屋弥三右衛門は、甚内の命を助けた事のある、二十年以前の恩人だったと、こう云う次第ではございませんか？

成程そう云われて見れば、かれこれ二十年にもなりましょうか、まだわたしが阿媽港通いの「ふすた」*船の船頭を致していた頃、あそこへ船がかりをしている内に、髭《ひげ》さえ碌《ろく》にない日本人を一人、助けてやった事がございます。何でもその時の話では、ふとした酒の上の喧嘩《けんか》から、唐人を一人殺した為に、追手がかかったとか申して居りました。して見ればそれが今日《こんにち》では、あの阿媽港甚内と云う、名代《なだい》の盗人になったのでございましょう。わたしは兎《と》に角《かく》甚内の言葉も嘘《うそ》ではない事がわかりましたから、一家のものの寝ているのを幸い、まずその用向きを尋ねて見ました。

すると甚内の申しますには、あの男の力に及ぶ事なら、二十年以前の恩返しに、北条屋の危急を救ってやりたい、差当り入用《いりよう》の金子《きんす》の高は、どの位だと尋ねるのでございます。わたしは思わず苦笑致しました。盗人に金を調達《ちょうだつ》して貰《もら》う、――それが可笑《おか》しいばかりではございません。如何《いか》に阿媽港甚内でも、そう云う金がある位ならば、何もわざわざわたしの宅へ、盗みにはいるにも当りますまい。しかしその金高《きんだか》を申しますと、甚内は小首を傾けながら、今夜の内にはむずかしいが、三日も待てば調達しようと、無造作に引き受けたのでございます。が、何しろ入用なのは、六千貫と云う大金でございますから、きっと調達出来るかどうか、当てになるものではございません。いや、わたしの量見では、まず賽《さい》の目をたのむよりも、覚束《おぼつか》ないと覚悟をきめていました。

甚内はその夜《よ》わたしの家内に、悠悠と茶なぞ立てさせた上、凩の中を帰って行きました。が、その翌日になって見ても、約束の金は届きません。二日目も同様でございました。三日目は、――この日は雪になりましたが、やはり夜《よ》に入《い》ってしまった後《あと》も、何一つ便りはありません。わたしは前に甚内の約束は、当にして居らぬと申し上げました。が、店のものにも暇を出さず、成行きに任せていた所を見ると、それでも幾分か心待ちには、待っていたのでございましょう。又実際三日目の夜には、囲いの行燈《あんどん》に向っていても、雪折れの音のする度毎《たびごと》に、聞き耳ばかり立てて居りました。

ところが三更《さんこう》も過ぎた時分、突然茶室の外の庭に、何か人の組み合うらしい物音が聞えるではございませんか？　わたしの心に閃《ひらめ》いたのは、勿論甚内の身の上でございます。もしや捕り手でもかかったのではないか？——わたしは咄嗟《とっさ》にこう思いましたから、庭に向いた障子を明けるが早いか、行燈の火を掲げて見ました。雪の深い茶室の前には、大明竹《だいみんちく》の垂れ伏したあたりに、誰か二人摑《つか》み合っている——と思うとその一人は、飛びかかる相手を突き放したなり、庭木の陰をぐるように、忽《たちま》ち塀《へい》の方へ逃げ出しました。雪のはだれる音、塀に攀《よ》じ登る音、——それぎりひっそりしてしまったのは、もう何処《どこ》か塀の外へ、無事に落ち延びたのでございましょう。が、突き放された相手の一人は、格別跡を追おうともせず、体の雪を払いながら、静かにわたしの前へ歩み寄りました。

「わたしです。阿媽港甚内ですよ」

わたしは呆気《あっけ》にとられた儘、甚内の姿を見守りました。甚内は今夜も南蛮頭巾に、袈裟《けさ》法衣《ころも》を着ているのでございます。

「いや、とんだ騒ぎをしました。誰もあの組打ちの音に、眼を覚さねば仕合せですが」

甚内は囲いへはいると同時に、ちらりと苦笑を洩《も》らしました。

「何、わたしが忍んで来ると、丁度誰かこの床《ゆか》の下へ、這《は》いこもうとするものがあるのです。そこで一つ手捕りにした上、顔を見てやろうと思ったのですが、とうとう逃げられてしまいました」

わたしはまださっきの通り、捕り手の心配がございましたから、役人ではないかと尋ねて見ました。が、甚内は役人どころか、盗人だと申すのでございます。盗人が盗人を捉えようとした、――この位珍しい事はございますまい。今度は甚内よりもわたしの顔に、自然と苦笑が浮びました。しかしそれは兎《と》も角《かく》も、調達の成否を聞かない内は、わたしの心も安まりません。すると甚内は云わない先に、わたしの心を読んだのでございましょう、悠悠と胴巻きをほどきながら、炉の前へ金包みを並べました。

「御安心なさい、六千貫の工面はつきましたから。――実はもう昨日の内に、大抵調達したのですが、まだ二百貫程不足でしたから、今夜はそれを持って来ました。どうかこの包みを受け取って下さい。又昨日までに集めた金は、あなた方御夫婦も知らない内に、この茶室の床下へ隠して置きました。大方今夜の盗人のやつも、その金を嗅《か》ぎつけて来たのでしょう」

わたしは夢でも見ているように、そう云う言葉を聞いていました。盗人に金を施して貰う、――それはあなたに伺わないでも、確かに善い事ではございますまい。しかし調達が出来るかどうか、半信半疑の境にいた時は、善悪も考えずに居りましたし、又今となって見れば、むげに受け取らぬとも申されません。しかもその金を受け取らないとなれば、わたしばかりか一家のものも、路頭に迷うのでございます。どうかこの心もちに、せめては御憐憫《ごれんびん》を御加え下さい。わたしは何時《いつ》か甚内の前に、恭《うやうや》しく両手をついた儘、何も申さずに泣いて居りました。……

その後《のち》わたしは二年の間、甚内の噂《うわさ》を聞かずに居りました。が、とうとう分散もせずに、恙《つつが》ないその日を送られるのは、皆甚内の御蔭《おかげ》でございますから、何時でもあの男の仕合せの為に、人知れずおん母「まりや」様へも、祈願をこめていたのでございます。ところがどうでございましょう、この頃往来の話を聞けば、阿媽港甚内は御召捕りの上、戻り橋に首を曝していると、こう申すではございませんか？　わたくしは驚きも致しました。人知れず涙も落しました。しかし積悪の報《むくい》と思えば、これも致し方はございますまい。いや、寧《むし》ろこの永年、天罰も受けずに居りましたのは、不思議だった位でございます。が、せめてもの恩返しに、陰ながら回向《えこう》をしてやりたい。——こう思ったものでございますから、わたしは今日伴《とも》もつれずに、早速一条戻り橋へ、その曝し首を見に参りました。

戻り橋のほとりへ参りますと、もうその首を曝した前には、大勢人がたかって居ります。罪状を記《しる》した白木《しらき》の札、首の番をする下役人——それは何時もと変りません。が、三本組み合せた、青竹の上に載せてある首は、——ああ、そのむごたらしい血まみれの首は、どうしたと云うのでございましょう？　わたしは騒騒しい人だかりの中に、蒼《あお》ざめた首を見るが早いか、思わず立ちすくんでしまいました。この首はあの男ではございません。阿媽港甚内の首ではございません。この太い眉《まゆ》、この突き出た頰、この眉間《みけん》の刀創《かたなきず》、——何一つ甚内には似て居りません。しかし、——わたしは突然日の光も、わたしのまわりの人だかりも、竹の上に載せた曝し首も、皆何処か遠い世界へ、流れてしまったかと思う位、烈《はげ》しい驚きに襲われました。この首は甚内ではございません。わたしの首でございます。二十年以前のわたし、——丁度甚内の命を助けた、その頃のわたしでございます。「弥三郎！」——わたしは舌さえ動かせたなら、こう叫んでいたかも知れません。が、声を揚げるどころか、わたしの体は瘧《おこり》*を病んだように、震えているばかりでございました。

弥三郎！　わたしは唯幻のように、悴《せがれ》の曝し首を眺めました。首はやや仰向いた儘半ば開いた瞼《まぶた》の下から、じっとわたしを見守って居ります。これはどうした訳でございましょう？　悴は何かの間違いから、甚内と思われたのでございましょうか？　しかし御吟味も受けたとすれば、そう云う間違いは起りますまい。それとも阿媽港甚内というのは、悴だったのでございましょうか？　わたしの宅へ来た贋雲水《にせうんすい》は、誰か甚内の名前を仮りた、別人だったのでございましょうか？　いや、そんな筈《はず》はございません。三日と云う日限を一日も違《たが》えず、六千貫の金を工面するものは、この広い日本の国にも、甚内の外に誰が居りましょう？　して見ると、――その時わたしの心の中には、二年以前雪の降った夜、甚内と庭に争っていた、誰とも知らぬ男の姿が、急にはっきり浮んで参りました。あの男は誰だったのでございましょう？　もしや悴ではございますまいか？　そう云えばあの男の姿かたちは、ちらりと一眼見ただけでも、どうやら悴の弥三郎に、似ていたようでもございます。しかしこれはわたし一人の、心の迷いでございましょうか？　もし悴だったとすれば、――わたしは夢の覚めたように、しけじけ首を眺めました。するとその紫ばんだ、妙に緊《しま》りのない唇には、何か微笑《ほほえみ》に近い物が、ほんのり残っているのでございます。

曝し首に微笑が残っている、――あなたはそんな事を御聞きになると、御哂《おわら》いになるかも知れません。わたしさえそれに気のついた時には、眼のせいかとも思いました。が、何度見直しても、その干からびた唇には、確かに微笑らしい明《あか》るみが、漂っているのでございます。わたしはこの不思議な微笑に、永い間見入って居りました。と、何時かわたしの顔にも、やはり微笑が浮んで参りました。しかし微笑が浮ぶと同時に、眼には自然と熱い涙も、にじみ出して来たのでございます。

「お父さん、堪忍《かんにん》して下さい。――」

その微笑は無言の内に、こう申していたのでございます。

「お父さん。不孝の罪は堪忍して下さい。わたしは二年以前の雪の夜《よ》、勘当の御詫《おわ》びがしたいばかりに、そっと家《うち》へ忍んで行きました。昼間は店のものに見られるのさえ、恥しいなりをしていましたから、わざわざ夜の更けるのを待った上、お父さんの寝間の戸を叩《たた》いても、御眼にかかるつもりでいたのです。ところがふと囲いの障子に、火影《ほ》のさしているのを幸い、其処へ怯《お》ず怯ず行きかけると、いきなり誰か後から、言葉もかけずに組つきました。

「お父さん。それから先はどうなったか、あなたの知っている通りです。わたしは余り不意だった為、お父さんの姿を見るが早いか、相手の曲者《くせもの》を突き放したなり、高塀の外へ逃げてしまいました。が、雪明りに見た相手の姿は、不思議にも雲水のようでしたから、誰も追う者のないのを確めた後《のち》、もう一度あの茶室の外へ、大胆にも忍んで行ったのです。わたしは囲いの障子越しに、一切の話を立ち聞きました。

「お父さん。北条屋を救った甚内は、わたしたち一家の恩人です。わたしは甚内の身に危急があれば、たとえ命は抛《なげう》っても、恩に報いたいと決心しました。又この恩を返す事は、勘当を受けた浮浪人のわたしでなければ出来ますまい。わたしはこの二年間、そう云う機会を待っていました。そうして、――その機会が来たのです。どうか不孝の罪は堪忍して下さい。わたしは極道に生れましたが、一家の大恩だけは返しました。それがせめてもの心やりです。……」

わたしは宅へ帰る途中も、同時に泣いたり笑ったりしながら、悴のけなげさを褒めてやりました。あなたは御存知になりますまいが、悴の弥三郎もわたしと同様、御宗門に帰依《きえ》して居りましたから、もとは「ぽうろ」と云う名前さえも、頂いて居ったものでございます。しかし、――しかし悴も不運なやつでございました。いや、悴ばかりではございません。わたしもあの阿媽港甚内に一家の没落さえ救われなければ、こんな嘆きは致しますまいに。いくら未練だと思いましても、こればかりは切のうございます。分散せずにいた方が好《よ》いか、悴を殺さずに置いた方が好いか、――(突然苦しそうに)どうかわたしを御救い下さい。わたしはこの儘生きていれば、大恩人の甚内を憎むようになるかも知れません。…………(永い間の歔欷《すすりなき》)

「ぽうろ」弥三郎の話

ああ、おん母「まりや」様! わたしは夜《よ》が明け次第、首を打たれる事になっています。わたしの首は地に落ちても、わたしの魂は小鳥のように、あなたの御側《おそば》へ飛んで行くでしょう。いや、悪事ばかり働いたわたしは、「はらいそ」（天国）の荘厳《そうごん》を拝する代りに、恐しい「いんへるの」（地獄）の猛火の底へ、逆落しになるかも知れません。しかしわたしは満足です。わたしの心には二十年来、この位嬉《うれ》しい心もちは、宿った事がないのです。

わたしは北条屋弥三郎です。が、わたしの曝《さら》し首は、阿媽港甚内《あまかわじんない》と呼ばれるでしょう。わたしがあの阿媽港甚内、――これ程愉快な事があるでしょうか？　阿媽港甚内、――どうです？　好《よ》い名前ではありませんか？　わたしはその名前を口にするだけでも、この暗い牢《ろう》の中さえ、天上の薔薇《ばら》や百合《ゆり》の花に、満ち渡るような心もちがします。

忘れもしない二年前《ぜん》の冬、丁度或《ある》大雪の夜《よる》です。わたしは博奕《ばくち》の元手が欲しさに、父の本宅へ忍びこみました。ところがまだ囲いの障子に、火影《ほかげ》がさしていましたから、そっと其処《そこ》を窺《うかが》おうとすると、いきなり誰か言葉もかけず、わたしの襟上《えりがみ》を捉《とら》えたものがあります。振り払う、又摑《つか》みかかる、――相手は誰だか知らないのですが、その力の逞《たくま》しい事は、到底唯《ただ》ものとは思われません。のみならず二三度揉《も》み合う内に、茶室の障子が明いたと思うと、庭へ行燈《あんどん》をさし出したのは、紛れもない父の弥三右衛門です。わたしは一生懸命に、摑まれた胸倉《むなぐら》を振り切りながら、高塀《たかべい》の外へ逃げ出しました。

　しかし半町程逃げ延びると、わたしは或軒下に隠れながら、往来の前後を見廻しました。往来には夜目にも白白《しろじろ》と、時々雪煙りが揚る外には、何処《どこ》にも動いているものは見えません。相手は諦《あきら》めてしまったのか、もう追いかけても来ないようです。が、あの男は何ものでしょう？　咄嗟《とっさ》の間に見た所では、確かに僧形をしていました。さっきの腕の強さを見れば、――殊《こと》に兵法にも精《くわ》しいのを見れば、世の常の坊主ではありますまい。第一こう云う大雪の夜《よ》に、庭先へ誰か坊主が来ている、――それが不思議ではありませんか？　わたしは少時《しばらく》思案した後《のち》、たとい危い芸当にしても、兎《と》に角《かく》もう一度茶室の外へ、忍び寄る事に決心しました。

　それから一時《いっとき》ばかりたった頃《ころ》です。あの怪しい行脚《あんぎゃ》の坊主は、丁度雪の止《や》んだのを幸い、小川通りを下って行きました。これが阿媽港甚内なのです。侍、連歌師、町人、虚無僧《こむそう》、――何にでも姿を変えると云う、洛中《らくちゅう》に名高い盗人《ぬすびと》なのです。わたしは後《あと》から見え隠れに、甚内の跡をつけて行きました。その時程妙に嬉しかった事は、一度もなかったのに違いありません。阿媽港甚内！　阿媽港甚内！　わたしはどの位夢の中《うち》にも、あの男の姿を慕っていたでしょう。殺生関白《せっしょうかんぱく》の太刀《たち》を盗んだのも甚内です。沙《しゃ》室屋《むろや》*の珊瑚樹《さんごじゅ》を詐《かた》ったのも甚内です。備前宰相《びぜんのさいしょう》*の伽羅《きゃら》を切ったのも、甲比丹《かぴたん》「ぺれいら＊」の時計を奪ったのも、一夜に五つの土蔵を破ったのも、八人の参河侍《みかわざむらい》を斬《き》り倒したのも、――その外末代にも伝わるような、稀有《けう》の悪事を働いたのは、何時《いつ》でも阿媽港甚内です。その甚内は今わたしの前に、網代《あじろ》の笠《かさ》を傾けながら、薄明るい雪路《ゆきみち》を歩いている。――こう云う姿を眺められるのは、それだけでも仕合せではありませんか？　が、わたしはこの上にも、もっと仕合せになりたかったのです。

わたしは浄厳寺《じょうごんじ》の裏へ来ると、一散に甚内へ追いつきました。此処《ここ》はずっと町家のない、土塀続きになっていますから、たとい昼でも人目を避けるには、一番御誂《おあつら》えの場所なのです。が、甚内はわたしを見ても、格別驚いた気色《けしき》は見せず、静かに其処へ足を止めました。しかも杖《つえ》をついたなり、わたしの言葉を待つように、一言《いちごん》も口を利《き》かないのです。わたしは実際恐る恐る、甚内の前に手をつきました。しかしその落着いた顔を見ると、思うように声さえ出て来ません。

「どうか失礼は御免下さい。わたしは北条屋弥三右衛門の悴《せがれ》弥三郎と申すものです。――」

わたしは顔を火照《ほて》らせながら、やっとこう口を切りました。

「実は少し御願いがあって、あなたの跡を慕って来たのですが、……」

甚内は唯頷《うなず》きました。それだけでも気の小さいわたしには、どの位難有《ありがた》い気がしたでしょう。わたしは勇気も出て来ましたから、やはり雪の中に手をついたなり、父の勘当を受けている事、今はあぶれものの仲間にはいっている事、今夜父の家へ盗みにはいったところが、計らず甚内にめぐり合った事、なお又父と甚内との密談も一つ残らず聞いた事、——そんな事を手短に話しました。が、甚内は不相変《あいかわらず》、黙然と口を噤《つぐ》んだ儘《まま》、冷やかにわたしを見ているのです。わたしはその話をしてしまうと、一層膝《ひざ》を進ませながら、甚内の顔を覗《のぞ》きこみました。

「北条一家の蒙《こうむ》った恩は、わたしにも亦《また》かかっています。わたしはその恩を忘れないしるしに、あなたの手下になる決心をしました。どうかわたしを使って下さい。わたしは盗みも知っています。火をつける術《すべ》も知っています。その外一通りの悪事だけは、人に劣らず知っています。——」

しかし甚内は黙っています。わたしは胸を躍らせながら、愈《いよいよ》熱心に説き立てました。

「どうかわたしを使って下さい。わたしは必《かならず》働きます。京、伏見《ふしみ》、堺《さかい》、大阪、——わたしの知らない土地はありません。わたしは一日に十五里歩きます。力も四斗俵《とびょう》は片手に挙《あが》ります。人も二三人は殺して見ました。どうかわたしを使って下さい。わたしはあなたの為ならば、どんな仕事でもして見せます。伏見の城の白孔雀《しろくじゃく》も、盗めと来ます。右大臣家の姫君も、拐《かどわか》せと云えば拐して来ます。奉行の首を取れと云えば、云えば、盗んで来ます。『さん・ふらんしすこ』の寺の鐘楼《しゅろう》も、焼けと云えば焼いて

──」

わたしはこう云いかけた時、いきなり雪の中へ蹴倒《けたお》されました。

「莫迦《ばか》め！」

甚内は一声叱《しか》った儘、元の通り歩いて行きそうにします。わたしは殆《ほとん》ど気違いのように、法衣《ころも》の裾《すそ》へ縋《すが》りつきました。

「どうかわたしを使って下さい。わたしはどんな場合にも、きっとあなたを離れません。あなたの為には水火にも入《い》ります。あの『えそぽ』の話＊の獅子王《ししおう》さえ、鼠《ねずみ》に救われるではありませんか？　わたしはその鼠になります。わたしは、──」

「黙れ。甚内は貴様なぞの恩は受けぬ」

甚内はわたしを振り放すと、もう一度其処へ蹴倒しました。

「白癩《びゃくらい》めが！　親孝行でもしろ！」

わたしは二度目に蹴倒された時、急に口惜《くや》しさがこみ上げて来ました。

「よし！　きっと恩になるな！」

しかし甚内は見返りもせず、さっさと雪路を急いで行きます。何時かさし始めた月

の光に、網代の笠を仄《ほの》めかせながら、……それぎりわたしは二年の間、ずっと甚内を見ずにいるのです。（突然笑う）「甚内は貴様なぞの恩は受けぬ」……あの男はこう云いました。しかしわたしは夜《よ》の明け次第、甚内の代りに殺されるのです。ああ、おん母「まりや」様！　わたしはこの二年間、甚内の恩を返したさに、どの位苦しんだか知れません。恩を返したさに？——いや、恩と云うよりも、寧《むし》ろ恨《うらみ》を返したさにです。しかし甚内は何処にいるか？　甚内は何をしているか？——誰にそれがわかりましょう？　第一甚内はどんな男か？——それさえ知っているものはありません。わたしが遇《あ》った贋雲水《にせうんすい》は四十前後の小男です。が、柳町《やなぎまち》の廓《くるわ》*にいたのは、まだ三十を越えていない、赧《あか》ら顔に鬚《ひげ》の生えた、浪人だと云うではありませんか？　歌舞《かぶ》伎《き》の小屋を擾《さわ》がしたと云う、腰の曲った紅毛人《こうもうじん》、妙国寺《みょうこくじ》の財宝を掠《かす》めたと云う、前髪の垂れた若侍、——そう云うのを皆《みんな》甚内とすれば、あの男の正体を見分ける事さえ、到底人力には及ばない筈《はず》です。其処へわたしは去年の末から、吐血の病《やまい》*に罹《かか》ってしまいました。

どうか恨みを返してやりたい、——わたしは日毎《ひごと》に痩《や》せ細りながら、その事ばかりを考えていました。すると或夜わたしの心に、突然閃《ひらめ》いた一策があります。「まりや」様！　「まりや」様！　この一策を御教え下すったのは、あなたの御恵みに違いありません。唯わたしの体を捨てる、吐血の病に衰え果てた、骨と皮ばかりの体を捨てる、——それだけの覚悟をしさえすれば、わたしの本望は遂げられるのです。わたしはその夜嬉《よ》しさの余り、何時《いつ》までも独り笑いながら、同じ言葉を繰返していました。——

「甚内の身代りに首を打たれる。甚内の身代りに首を打たれる。……」

甚内の身代りに首を打たれる——何とすばらしい事ではありませんか？　そうすれば勿論《もちろん》わたしと一しょに、甚内の罪も亡《ほろ》んでしまう。——甚内は広い日本国中、何処でも大威張に歩けるのです。その代り（再び笑う）——その代りわたしは一夜の内に、稀代《きだい》の大賊《たいぞく》になれるのです。呂宋助左衛門《るそんすけざえもん》の手代だったのも、備前宰相の伽羅を切ったのも、利休居士《りきゅうこじ》の友だちだったのも、沙室屋の珊瑚樹を詐《かた》ったのも、伏見の城の金蔵《かねぐら》を破ったのも、八人の参河侍を斬り倒したのも、——ありとあらゆる甚内の名誉は、悉《ことごと》くわたしに奪われるのです。（三度笑う）云わば甚内を助けると同時に、甚内の名前を殺してしまう、一家の恩を返すと同時に、わたしの恨みも返してしまう、——この位愉快な返報はありません。わたしがその夜嬉《よ》しさの余り、笑い続けたのも当然です。今でも、——この牢の中でも、これが笑わずにいられるでしょうか？

わたしはこの策を思いついた後《のち》、内裏《だいり》へ盗みにはいりました。宵闇《よいやみ》の夜《よ》の浅い内ですから、御簾《みす》越しに火影がちらついたり、松の中に花だけ仄めいたり、——そんな事も見たように覚えています。が、長い廻廊の屋根から、人気のない庭へ飛び下りると、忽《たちま》ち四五人の警護の侍に、望みの通り搦《から》められました。その時です。わたしを組み伏せた鬚侍《ひげざむらい》は、一生懸命に縄をかけながら、「今度こそは甚内を手捕りにしたぞ」と、呟《つぶや》いていたではありませんか？　そうです。阿媽港甚内の外に、誰が内裏なぞへ忍びこみましょう？　わたしはこの言葉を聞くと、必死にもがいている間でも、思わず微笑を洩《も》らしたものです。

「甚内は貴様なぞの恩にはならぬ」——あの男はこう云いました。しかしわたしは夜の明け次第、甚内の代りに殺されるのです。何と云う気味の好い面当《つらあ》てでしょう。わたしは首を曝された儘、あの男の来るのを待ってやります。甚内はきっとわたしの首に、声のない哄笑《こうしょう》を感ずるでしょう。「どうだ、弥三郎の恩返しは？」——その哄笑はこう云うのです。「お前はもう甚内では無い。阿媽港甚内はこの首なのだ、あの天下に噂《うわさ》の高い、日本第一の大盗人は！」（笑う）ああ、わたしは愉快です。この位愉快に思った事は、一生に唯一度です。が、もし父の弥三右衛門に、わたしの曝し首を見られた時には、——（苦しそうに）堪忍《かんにん》して下さい。お父さん！　吐血の病に罹ったわたしは、たとい首を打たれずとも、三年とは命は続かないのです。どうか不孝は堪忍して下さい。わたしは極道に生まれましたが、兎に角一家の恩だけは返す事が出来たのですから。……………………

おぎん

元和《げんな》か、寛永《かんえい》か、＊兎《と》に角《かく》遠い昔である。

天主のおん教《おしえ》を奉ずるものは、その頃でももう見つかり次第、火炙《ひあぶ》りや磔《はりつけ》に遇《あ》わされていた。しかし迫害が烈《はげ》しいだけに、「万事にかない給《たま》うおん主《あるじ》＊」も、その頃は一層この国の宗徒に、あらたかな御加護《おんかご》を加えられたらしい。長崎あたりの村村には、時時日の暮の光と一しょに、天使や聖徒の見舞う事があった。現にあのさん・じょあん・ばちすたさえ、＊一度などは浦上《うらかみ》＊の宗徒みげる弥兵衛《やへえ》の水車小屋に、姿を現したと伝えられている。と同時に悪魔も亦《また》宗徒の精進を妨げる為、或《あるい》は見慣れぬ黒人となり、或は舶来の草花となり、或は網代《あじろ》の乗物となり、屢《しばしば》同じ村村に出没した。夜昼さえ分たぬ土の牢《ろう》に、みげる弥兵衛を苦しめた鼠《ねずみ》も、実は悪魔の変化《へんげ》だったそうである。弥兵衛は元和八年の秋、十一人の宗徒と火炙りになった。――その元和か、寛永か、兎に角遠い昔である。

やはり浦上の山里村《やまざとむら》に、おぎんと云《い》う童女が住んでいた。おぎんの父母《ちちはは》は大阪から、はるばる長崎へ流浪して来た。が、何もし出さない内に、おぎん一人を残した儘《まま》、二人とも故人になってしまった。勿論《もちろん》彼等他国ものは、天主のおん教を知る筈《はず》はない。

彼等の信じたのは仏教である。禅《ぜん》か、法華《ほっけ》か、それとも又浄土《じょうど》か、何にもせよ釈迦《しゃか》の教である。或仏蘭西《あるふらんす》のジェスウィット*によれば、天性奸智《かんち》に富んだ釈迦は、支那各地を遊歴しながら、阿弥陀《あみだ》と称する仏の道を説いた。その後《ご》又日本の国へも、やはり同じ道を教に来た。釈迦の説いた教によれば、我我人間の霊魂《アニマ》は、その罪の軽重深浅に従い、或は小鳥となり、或は牛となり、或は又樹木となるそうである。のみならず釈迦は生まれる時、彼の母を殺したと云う。釈迦の教の荒誕《こうたん》なのは勿論《もちろん》、釈迦の大悪も亦《また》明白である。（ジァン・クラッセ*）しかしおぎんの母親は、前にもちょいと書いた通り、そう云う真実を知る筈はない。彼等は息を引きとった後《のち》も、釈迦の教を信じている。寂しい墓原の松のかげに、末は「いんへるの」に堕《お》ちるのも知らず、はかない極楽を夢見ている。

　しかしおぎんは幸いにも、両親の無知に染まっていない。これは山里村居つきの農夫、憐《あわれ》みの深いじょあん孫七は、とうにこの童女の額へ、ばぷちずも*のおん水を注いだ上、まりやと云う名を与えていた。おぎんは釈迦が生まれた時、天と地とを指さしながら、「天上天下唯我独尊《てんじょうてんがゆいがどくそん》」と獅子吼《ししく》*した事などは信じていない。その代りに、「深く御柔軟《ごにゅうなん》、深く御哀憐《ごあいれん》、勝《すぐ》れて甘《うまし》くましします童女さんた・まりあ様*」が、自然と身ごもった事を信じている。「十字架に懸り死し給《たま》い、石の御棺《ごかん》に納められ給い、大地の底に」埋められたぜすす*が、三日の後《のち》よみ返った事を信じている。御糾明《ごきゅうめい》の喇叭《らっぱ》*さえ響き渡れば「おん主《あるじ》、大いなる御威光、大いなる御威勢を以《もっ》て天下《あまくだ》り給い、土埃《つちほこり》になりたる人人の色身《しきしん》を、もとの霊魂《アニマ》に併せてよみ返し給い、善人は天上の快楽《けらく》を受け、又悪人は天狗《てんぐ》*と共に、地獄に堕ち」る事を信じている。殊《こと》に「御言葉《みことば》の御聖徳《ごしょうとく》により、ぱんと酒の色形は変らずと雖《いえど》も、その正体はおん主の御血肉《おんけつにく》となり変る」尊いさがらめんと*を信じている。おぎんの心は両親のように、熱風に吹かれた砂漠《さばく》ではない。素《そ》朴《ぼく》な野薔薇《のばら》の花を交えた、実りの豊かな麦畠《むぎばたけ》である。おぎんは両親を失った後《のち》、じょあん孫七の養女になった。孫七の妻、じょあんなおすみも、やはり心の優しい女である。おぎんはこの夫婦と一しょに、牛を追ったり麦を刈ったり、幸福にその日を送っていた。勿論そう云う暮しの中にも、村人の目に立たない限りは、断食《だんじき》や祈禱《きとう》も怠った事はない。おぎんは井戸端の無花果《いちじく》のかげに、大きい三日月を仰ぎながら、屢《しばしば》熱心に祈禱を凝らした。この垂れ髪の童女の祈禱は、こう云う簡単なものなのである。

「憐みのおん母、おん身におん礼をなし奉《たてまつ》る。流人《るにん》となれるえわ*の子供、おん身に叫びをなし奉る。あわれこの涙の谷に、柔軟のおん眼をめぐらさせ給え。あんめい*」

すると或年のなたら*（降誕祭《くりすます》）の夜《よ》、悪魔は何人かの役人と一しょに、突然孫七の家へはいって来た。孫七の家には大きい囲炉裡《いろり》に「お伽《とぎ》の焚《た》き物《もつ》」の火が燃えさかっている。それから煤《すす》びた壁の上にも、今夜だけは十字架が祭ってある。最後に後ろの牛小屋へ行けば、ぜすす様の産湯《うぶゆ》の為に、飼桶《かいおけ》に水が湛《たた》えられている。役人は互に頷《うなず》き合いながら、孫七夫婦に縄をかけた。おぎんも同時に括《くく》り上げられた。しかし彼等は三人とも、全然悪びれる気色《けしき》はなかった。あにま（霊魂《アニマ》）の助かりの為ならば、如《い》何《か》なる責苦も覚悟である。おん主は必《かならず》我等の為に、御加護を賜《たま》わるのに違いない。第一なたらの夜に捕われたと云うのは、天寵《てんちょう》の厚い証拠ではないか？　彼等は皆云い合せたように、こう確信していたのである。役人は彼等を縛《いまし》めた後《のち》、代官の屋敷へ引き立てて行った。が、彼等はその途中も、暗夜《やみよ》の風に吹かれながら、御降誕の祈禱を誦《じゅ》しつづけた。

「べれんの国にお生まれなされたおん若君様、今はいずこにましますか？　おん讃《ほ》め尊《あが》め給え」*

悪魔は彼等の捕われたのを見ると、手を拍《う》って喜び笑った。しかし彼等のけなげなさまには、少からず腹を立てたらしい。悪魔は一人になった後《のち》、忌忌《いまいま》しそうに唾《つば》をするが早いか、忽《たちま》ち大きい石臼《いしうす》になった。そうしてごろごろ転がりながら闇《やみ》の中に消え失《う》せてしまった。

じょあん孫七、じょあんなおすみ、まりやおぎんの三人は、土の牢に投げこまれた上、天主のおん教を捨てるように、いろいろの責苦に遇わされた。しかし水責《みずぜめ》や火責に遇っても、彼等の決心は動かなかった。たとい皮肉は爛れるにしても、はらいそ（天国）の門へはいるのは、もう一息の辛抱である。いや、天主の大恩を思えば、この暗い土の牢さえ、その儘「はらいそ」の荘厳《そうごん》と変りはない。のみならず尊い天使や聖徒は、夢ともうつつともつかない中に、屢彼等を慰めに来た。殊にそういう幸福は、一番おぎんに恵まれたらしい。おぎんはさん・じょあん・ばちすたが、大きい両手の手のひらに、蝗《いなご》を沢山掬《すく》い上げながら、食えと云う所を見た事がある。又大天使がぶりえる*が、白い翼を畳んだ儘、美しい金色《こんじき》の杯《さかずき》に、水をくれる所を見た事もある。

代官は天主のおん教は勿論、釈迦の教も知らなかったから、なぜ彼等が剛情を張るのか、さっぱり理解が出来なかった。時には三人が三人とも、気違いではないかと思う事もあった。しかし気違いでもない事がわかると、今度は大蛇《だいじゃ》とか一角獣*とか、兎に角人倫には縁のない動物のような気がし出した。そう云う動物を生かして置いては、今日《こんにち》の法律に違《たが》うばかりか、一国の安危にも関《かかわ》る訣《わけ》である。そこで代官は一月《つき》ばかり、土の牢に彼等を入れて置いた後《のち》、とうとう三人とも焼き殺す事にした。（実を云えばこの代官も、世間一般の代官のように、一国の安危に関るかどうか、そんな事は殆ど考えなかった。これは第一に法律があり、第二に人民の道徳があり、わざわざ考えて

見ないでも、格別不自由はしなかったからである）

じょあん孫七を始め三人の宗徒は、村はずれの刑場へ引かれる途中も、恐れる気色は見えなかった。刑場は丁度墓原に隣った、石ころの多い空き地である。彼等は其処へ到着すると、一一罪状を読み聞かされた後《のち》、太い角柱《かくばしら》に括りつけられた。それから右にじょあんなおすみ、中央にじょあん孫七、左にまりやおぎんと云う順に、刑場のまん中へ押し立てられた。おすみは連日の責苦の為、急に年をとったように見える。孫七も髭《ひげ》の伸びた頬には、殆ど血の気が通っていない。おぎんも――おぎんは二人に比べると、まだしもふだんと変らなかった。が、彼等は三人とも、堆《うずたか》い薪《たきぎ》を踏まえた儘、同じように静かな顔をしている。

刑場のまわりにはずっと前から、大勢の見物が取り巻いている。その又見物の向うの空には、墓原の松が五六本、天蓋《てんがい》のように枝を張っている。

一切の準備の終った時、役人の一人は物物しげに、三人の前へ進みよると、天主のおん教を捨てるか捨てぬか、少時猶予《しばらくゆうよ》を与えるから、もう一度よく考えて見ろ、もしおん教を捨てると云えば、直《すぐ》にも縄目を赦《ゆる》してやると云った。しかし彼等は答えない。皆遠い空を見守った儘、口もとには微笑さえ湛えている。

役人は勿論見物すら、この数分の間位ひっそりとなったためしはない。無数の眼はじっと瞬《またた》きもせず、三人の顔に注がれている。が、これは傷《いたま》しさの余り、誰も息を呑《の》んだのではない。見物は大抵火のかかるのを、今か今かと待っていたのである。役人は又処刑の手間どるのに、すっかり退屈し切っていたから、話をする勇気も出なかったのである。

すると突然一同の耳は、はっきりと意外な言葉を捉えた。

「わたしはおん教を捨てる事に致しました」

声の主はおぎんである。見物は一度に騒ぎ立った。が、一度どよめいた後《のち》、忽ち又静かになってしまった。それは孫七が悲しそうに、おぎんの方を振り向きながら、力のない声を出したからである。

「おぎん！　お前は悪魔にたぶらかされたのか？　もう一辛抱しさえすれば、おん主の御顔も拝めるのだぞ」

その言葉が終らない内に、おすみも遥《はる》かにおぎんの方へ、一生懸命な声をかけた。

「おぎん！　おぎん！　お前には悪魔がついたのだよ。祈っておくれ。祈っておくれ」

しかしおぎんは返事をしない。唯眼は大勢の見物の向うの、天蓋のように枝を張った、墓原の松を眺めている。その内にもう役人の一人は、おぎんの縄目を赦すように命じた。

　じょあん孫七はそれを見るなり、あきらめたように眼をつぶった。

「万事にかない給うおん主、おん計らいに任せ奉る」

　やっと縄を離れたおぎんは、茫然《ぼうぜん》と少時《しばらく》佇《たたず》んでいた。が、孫七やおすみを見ると、急にその前へ跪《ひざまず》きながら、何も云わずに涙を流した。孫七はやはり眼を閉じている。おすみも顔をそむけた儘、おぎんの方は見ようともしない。

「お父様、お母様、どうか堪忍して下さいまし」

　おぎんはやっと口を開いた。

「わたしはおん教を捨てました。その訣《わけ》はふと向うに見える、天蓋のような松の梢《こずえ》に、気のついたせいでございます。あの墓原の松のかげに、眠っていらっしゃる御両親は、天主のおん教も御存知なし、きっと今頃はいんへるのに、お堕ちになっていらっしゃいましょう。それを今わたし一人、はらいその門にはいったのでは、どうしても申訣がありません。わたしはやはり地獄の底へ、御両親の跡を追って参りましょう。どうかお父様やお母様は、ぜすす様やまりや様の御側《おそば》へお出《い》でなすって下さいまし。その代りおん教を捨てた上は、わたしも生きては居られません。………」

　おぎんは切れ切れにそう云ってから、後《あと》は啜《すす》り泣きに沈んでしまった。すると今度はじょあんなおすみも、足に踏んだ薪の上へ、ほろほろ涙を落し出した。これからはらいそへはいろうとするのに、用もない歎《なげ》きに耽《ふけ》っているのは、勿論宗徒のすべき事ではない。じょあん孫七は、苦苦《にがにが》しそうに隣の妻を振り返りながら、癇高《かんだか》い声に叱《しか》りつけた。

「お前も悪魔に見入られたのか？　天主のおん教を捨てたければ、勝手にお前だけ捨てるが好《い》い。おれは一人でも焼け死んで見せるぞ」

「いえ、わたしもお供を致します。けれどもそれは――それは――」

おすみは涙を呑みこんでから、半ば叫ぶように言葉を投げた。

「けれどもそれははらいそへ参りたいからではございません。唯あなたの、――あなたのお供を致すのでございます」

孫七は長い間黙っていた。しかしその顔は蒼《あお》ざめたり、又血の色を漲《みなぎ》らせたりした。と同時に汗の玉も、つぶつぶ顔にたまり出した。孫七は今心の眼に、彼のあにまを見ているのである。彼のあにまを奪い合う天使と悪魔とを見ているのである。もしその時足もとのおぎんが泣き伏した顔を挙げずにいたら、――いや、もうおぎんは顔を挙げた。しかも涙に溢《あふ》れた眼には、不思議な光を宿しながら、じっと彼を見守っている。この眼の奥に閃《ひらめ》いているのは、無邪気な童女の心ばかりではない。「流人となれるえわの子供」、あらゆる人間の心である。

「お父様！　いんへるのへ参りましょう。お母様も、わたしも、あちらのお父様やお母様も、――みんな悪魔にさらわれましょう」

孫七はとうとう堕落した。

この話は我国に多かった奉教人の受難の中《うち》でも、最も恥ずべき躓《つまず》きとして、後代《こうだい》に伝えられた物語である。何でも彼等が三人ながら、おん教を捨てるとなった時には、天主の何たるかをわきまえない見物の老若男女さえも、悉《ことごとく》彼等を憎んだと云う。これは折角の火炙りも何も、見そこなった遺恨だったかも知れない。更に又伝うる所によれば、悪魔はその時大歓喜のあまり、大きい書物に化けながら、夜中《よじゅう》刑場に飛んでいたと云う。これもそう無性に喜ぶ程、悪魔の成功だったかどうか、作者は甚だ懐疑的である。

おしの

此処《ここ》は南蛮寺《なんばんじ》の堂内である。ふだんならばまだ硝子画《ガラスえ》*の窓に日の光の当っている時分であろう。が、今日は梅雨《つゆ》曇りだけに、日の暮の暗さと変りはない。その中に唯《ただ》ゴティック風*の柱がぼんやり木の肌《はだ》を光らせながら、高だかとレクトリウム*を守っている。それからずっと堂の奥に常燈明《じょうとうみょう》の油火が一つ、龕《がん》*の中に佇《たたず》んだ聖者の像を照らしている。参詣人《さんけいにん》はもう一人もいない。

そう云《い》う薄暗い堂内に紅毛人の神父が一人、祈禱《きとう》の頭を垂れている。年は四十五六であろう。額の狭い、顴骨《かんこつ》の突き出た、頰鬚《ほおひげ》の深い男である。床《ゆか》の上に引きずった着物は「あびと」*と称《とな》える僧衣らしい。そう云えば「こんたつ」*と称える念珠《ねんじゅ》も手頸《てくび》を一巻き巻いた後《のち》、かすかに青珠《あおだま》を垂らしている。

堂内は勿論《もちろん》ひっそりしている。神父は何時《いつ》までも身動きをしない。

其処《そこ》へ日本人の女が一人、静かに堂内へはいって来た。紋を染めた古帷子《ふるかたびら》*に何か黒い帯をしめた、武家の女房らしい女である。これはまだ三十代であろう。が、ちょいと見たところは年よりもずっとふけて見える。第一妙に顔色が悪い。目のまわりも暗い暈《かさ》をとっている。しかし大体の目鼻だちは美しいと言っても差支《さしつか》えない。いや、端正に過ぎる結果、寧《むし》ろ険《けん》のある位である。

女はさも珍らしそうに聖水盤＊や祈禱机を見ながら、怯《お》ず怯ず堂の奥へ歩み寄った。すると薄暗い聖壇の前に神父が一人跪《ひざまず》いている。女はやや驚いたように、ぴたりと其処へ足を止《とど》めた。が、相手の祈禱していることは直《ただち》にそれと察せられたらしい。女は神父を眺めた儘《まま》、黙然《もくねん》と其処に佇んでいる。

堂内は不相変《あいかわらず》ひっそりしている。神父も身動きをしなければ、女も眉《まゆ》一つ動かさない。それが可也《かなり》長い間であった。

その内に神父は祈禱をやめると、やっと床《ゆか》から身を起した。見れば前には女が一人、何か云いたげに佇んでいる。南蛮寺の堂内へは唯見慣れぬ磔仏《はりきぼとけ》＊を見物に来るものも稀《まれ》ではない。しかしこの女の此処へ来たのは物好きだけではなさそうである。神父はわざと微笑しながら、片言に近い日本語を使った。

「何か御用ですか?」

「はい、少少お願いの筋がございまして」

女は慇懃《いんぎん》に会釈《えしゃく》をした。貧しい身なりにも関《かかわ》らず、これだけはちゃんと結い上げた笄髷《こうがいまげ》の頭を下げたのである。神父は頰笑《ほほえ》んだ眼に目礼した。手は青珠の「こんたつ」に指をからめたり離したりしている。

「わたくしは一番ヶ瀬半兵衛《はんべえ》の後家《ごけ》、しのと申すものでございます。実はわたくしの伜《せがれ》、新之丞《しんのじょう》と申すものが大病なのでございますが……」

女はちょいと云い澱《よど》んだ後《のち》、今度は朗読でもするようにすらすら用向きを話し出した。新之丞は今年十五歳になる。それが今年の春頃から、何ともつかずに煩《わずら》い出した。咳《せき》が出る、食欲《しょくよく》が進まない、熱が高まると言う始末である。しのは力の及ぶ限り、医者にも見せたり、買い薬もしたり、いろいろ養生に手を尽した。しかし少しも効験は見えない。のみならず次第に衰弱する。その上この頃は不如意《ふにょい》の為、思うように療治をさせることも出来ない。聞けば南蛮寺の神父の医方は白癩《びゃくらい》さえ直すと云うことである。どうか新之丞の命も助けて頂きたい。………

「お見舞下さいますか？　如何《いかが》でございましょう？」

女はこう云う言葉の間《ま》も、じっと神父を見守っている。その眼には憐《あわれ》みを乞《こ》う色もなければ、気づかわしさに堪えぬけはいもない。唯殆《ほとん》ど頑《かたく》なに近い静かさを示しているばかりである。

「よろしい。見て上げましょう」

神父は顋鬚《あごひげ》を引張りながら、考《かんがえ》深そうに頷《うなず》いて見せた。女は霊魂の助かりを求めに来たのではない。肉体の助かりを求めに来たのである。しかしそれは咎《とが》めずとも好《よ》い。肉体は霊魂の家である。家の修覆さえ全ければ、主人の病《やまい》も亦《また》退《しりぞ》き易《やす》い。現にカテキスタ*のフヮビアン*などはその為に十字架を拝するようになった。この女を此処へ遣わされたのも或《あるい》はそう云う神意かも知れない。

「お子さんは此処へ来られますか」

「それはちと無理かと存じますが……」

「では其処へ案内して下さい」

　女の眼に一瞬間の喜びの輝いたのはこの時である。

「さようでございますか？　そうして頂ければ何よりの仕合せでございます」

　神父は優しい感動を感じた。やはりその一瞬間、能面に近い女の顔に争われぬ母を見たからである。もう前に立っているのは物堅い武家の女房ではない。いや日本人の女でもない。むかし飼槽《かいおけ》の中の基督《キリスト》に美しい乳房を含ませた「すぐれて御愛憐《ごあいれん》、すぐれて御柔輭《ごにゅうなん》、すぐれて甘くまします天上の妃《きさき》*」と同じ母になったのである。神父は胸を反らせながら、快活に女へ話しかけた。

「御安心なさい。病も大抵わかっています。お子さんの命は預りました。兎《と》に角《かく》出来るだけのことはして見ましょう。もし又人力に及ばなければ、……」

　女は穏かに言葉を挟んだ。

「いえ、あなた様さえ一度お見舞い下されば、あとはもうどうなりましても、さらさら心残りはございません。その上は唯清水寺《きよみずでら》の観世音菩薩《かんぜおんぼさつ》の御冥護《ごみょうご》にお縋《すが》り申すばかりでございます」

観世音菩薩！　この言葉は忽《たちま》ち神父の顔に腹立たしい色を漲《みなぎ》らせた。神父は何も知らぬ女の顔へ鋭い眼を見据《みす》えると、首を振り振りたしなめ出した。

「お気をつけなさい。観音、釈迦《しゃか》、八幡《はちまん》、天神《てんじん》、――あなたがたの崇《あが》めるのは皆木や石の偶像です。まことの神、まことの天主は唯一人しか居られません。お子さんを殺すのも助けるのもデウスの御思召《おんおぼしめ》し一つです。偶像の知ることではありません。もしお子さんが大事ならば、偶像に祈るのはおやめなさい」

しかし女は古帷子の襟を心もち顋《あご》に抑えたなり、驚いたように神父を見ている。神聖な怒《いかり》に満ちた言葉もわかったのかどうかはっきりしない。神父は殆どのしかかるように鬚《ひげ》だらけの顔を突き出しながら、一生懸命にこう戒め続けた。

「まことの神をお信じなさい。まことの神はジュデア＊の国、ベレン＊の里にお生まれになったジェズス・キリストス＊ばかりです。その外に神はありません。あると思うのは悪魔です。堕落した天使の変化《へんげ》です。ジェズスは我我を救う為に、磔木《はりき》にさえおん身をおかけになりました。御覧なさい、あのおん姿を？」

神父は厳かに手を伸べると、後ろにある窓の硝子画を指した。丁度薄日に照らされた窓は堂内を罩《こ》めた仄暗《ほのくら》がりの中に、受難の基督を浮き上らせている。十字架の下《もと》に泣き惑ったマリヤや弟子たちも浮き上らせている。女は日本風に合掌しながら、静かにこの窓をふり仰いだ。

「あれが噂《うわさ》に承《うけたまわ》った南蛮の如来《にょらい》でございますか？　倅の命さえ助かりますれば、わたくしはあの磔仏《はりきぼとけ》に一生仕えるのもかまいません。どうか冥護を賜《たまわ》るように御祈禱をお捧《ささ》げ下さいまし」

女の声は落着いた中に、深い感動を蔵している。神父は愈《いよいよ》勝ち誇ったようにうなじを少し反らせた儘、前よりも雄弁に話し出した。

「ジェズスは我我の罪を浄《きよ》め、我我の魂を救う為に地上へ御降誕なすったのです。お聞きなさい、御一生の御艱難辛苦《ごかんなんしんく》を！」

神聖な感動に充《み》ち満ちた神父はそちらこちらと歩きながら、口早に基督の生涯を話した。衆徳備り給う処女《おとめ》マリヤに御受胎を告げに来た天使*のことを、廏《うまや》の中の御降誕*のことを、御降誕を告げる星を便りに乳香や没薬《もつやく》*を捧げに来た、賢い東方の博士*たちのことを、メシア*の出現を惧《おそ》れる為に、ヘロデ王*の殺した童子たちのことを、ヨハネの洗礼を受けられたことを、山上の教え*を説かれたことを、水を葡萄酒《ぶどうしゅ》に化せられたことを、盲人の眼を*開かれたことを、マグダラのマリヤ*に憑《つ》きまとった七つの悪鬼を逐《お》われたことを、死んだラザル*を活《い》かされたことを、水の上*を歩かれたことを、驢馬《ろば》の背に*ジェルサレムへ入《い》られたことを、悲しい最後の夕餉《ゆうげ》*のことを、橄欖《かんらん》の園《その》のおん祈り*のことを、………

神父の声は神の言葉のように、薄暗い堂内に響き渡った。女は眼を輝かせた儘、黙然とその声に聞き入っている。

「考えても御覧なさい。ジェズスは二人の盗人《ぬすびと》と一しょに、磔木におかかりなすったのです。その時のおん悲しみ、その時のおん苦しみ、——我我は今想《おも》いやるさえ、肉が震えずにはいられません。殊《こと》に勿体《もったい》ない気のするのは磔木の上からお叫びになったジェズスの最後のおん言葉です。エリ、エリ、ラマサバクタニ、*——これを解けばわが神、わが神、何ぞ我を捨て給うや？……」

神父は思わず口をとざした。見ればまっ蒼《さお》になった女は下唇《したくちびる》を噛《か》んだなり、神父の顔を見つめている。しかもその眼に閃《ひらめ》いているのは神聖な感動でも何《なん》でもない。唯冷やかな軽蔑《けいべつ》と骨にも徹《とお》りそうな憎悪《ぞうお》とである。神父は惘気《あっけ》にとられたなり、少時《しばし》は唯唖《おし》のように瞬《またた》きをするばかりだった。

「まことの天主、南蛮の如来とはそう云うものでございますか？」

女は今迄《いままで》のつつましさにも似ず、止《とど》めを刺すように云い放った。

「わたくしの夫、一番ヶ瀬半兵衛は佐佐木家*の浪人でございます。しかしまだ一度も敵の前に後ろを見せたことはございません。去《さ》んぬる長光寺の城攻め*の折も、夫は博奕《ばくち》に負けました為に、馬はもとより鎧兜《よろいかぶと》さえ奪われて居ったそうでございます。それでも合戦と云う日には、南無阿弥陀仏《なむあみだぶつ》と大文字に書いた紙の羽織を素肌《すはだ》に纏《まと》い、枝つきの竹を差し物に代え、右手《めて》に三尺五寸の太刀《たち》を抜き、左手《ゆんで》に赤紙の扇を開き、「人の若衆*を盗むよりしては首を取らりょと覚悟した」と、大声に歌をうたいながら、織田殿*の身内に鬼と聞えた柴田*の軍勢を斬《き》り靡《なび》けました。それを何ぞや天主ともあろうに、たとい磔木にかけられたにせよ、かごとがましい*声を出すとは見下げ果てたやつでございます。そう云う臆病《おくびょう》ものを崇《あが》める宗旨に何の取柄《とりえ》がございましょう？　又そう云う臆病ものの流れを汲《く》んだあなたとなれば、世にない夫の位牌《いはい》の手前も倅の病は見せられません。新之丞も首取りの半兵衛と云われた夫の倅でございます。臆病ものの薬を飲まされるよりは腹を切ると云うでございましょう。このようなことを知っていれば、わざわざ此処迄は来まいものを、――それだけは口惜《くちお》しゅうございます」

女は涙を呑《の》みながら、くるりと神父に背を向けたと思うと、毒風を避ける人のようにさっさと堂外へ去ってしまった。瞠目《どうもく》した神父を残した儘。……………

糸女*覚え書

秀林院《しうりんゐん》様*（細川越中守忠興《ほそかはゑつちうのかみただおき》*の夫人、秀林院殿華屋宗玉大姉《でんくわをくしうぎよくたいし》はその法諡《ほふし》*なり）のお果てなされ候《さふらふ》次第のこと。

一、石田治部少《いしだぢぶせう》の乱*の年、即《すなは》ち慶長《けいちやう》五年七月十日、わたくし父魚屋清左衛門《なやせいざゑもん》、大阪玉造《たまつくり》のお屋敷へ参り、「かなりや」十羽、秀林院様へ献上仕《つかまつ》り候。秀林院様はよろづ南蛮《なんばん》*渡りをお好み遊ばされ候間《あひだ》、おん悦《よろこ》び斜《なな》めならず、*わたくしも面目《めんもく》を施し候。尤《もつと》も御所持の御什器《ごじふき》*のうちには贋物《にせもの》も数かず有之《これあり》、この「かなりや」ほど確かなる品は一つも御所持御座なく候。その節父の申し候は、涼風《すずかぜ》の立ち次第秀林院様へお暇《いとま》を願ひ、嫁入り致させ候べしとのことに御座候。わたくしももはや三年あまり、御奉公致し居《を》り候へども、秀林院様は少しもお優しきところ無之《これなく》*、賢女ぶらるることを第一となされ候へば、お側《そば》に居り候ても、浮きたる話などは相成らず、兎角《とかく》気のつまるばかりに候間、父の言葉を聞きし時は天へも昇る心地致し候。この日も秀林院様の仰《おほ》せられ候は、日本国の女の智慧《ちゑ》浅きは横文字の本を読まぬ*ゆゑのよし、来世は必ず南蛮国の大名へお輿入《こしい》れなさるべしと存じ上げ候。

二、十一日、澄見《ちようこん》と申す比丘尼《びくに》、秀林院様へお目通り致し候。この比丘尼は唯今《ただいま》城内＊へも取り入り、中中きけ者＊のよしに候へども、以前は京の糸屋の後家《ごけ》にて、夫を六人も取り換へたるいたづら女とのことに御座候。わたくしは澄見の顔さへ見れば、虫唾《むしづ》の走るほど厭《いや》になり候へども、秀林院様はさのみお嫌ひも遊ばされず、時にはかれこれ小半日もお話相手になさること有之《これあり》、その度にわたくしども奥女中はいづれも難渋仕り候。これはまつたく秀林院様のお世辞を好まるる為《ため》に御座候。たとへば澄見は秀林院様に、「いつもお美しいことでおりやる。一定《いちぢやう》どこの殿御の目にも二十《はたち》あまりに見えようず」などと、まことしやかに御器量を褒め上げ候。なれども秀林院様の御器量はさのみ御美麗と申すほどにても無之《これなく》、殊《こと》におん鼻はちと高すぎ、雀斑《そばかす》も少少お有りなされ候。のみならずお年は三十八ゆゑ、如何《いか》に夜目遠目《よめとほめ》とは申せ、二十あまりにはお見えなさらず候。

三、澄見のこの日参り候は、内内治部少かたより頼まれ候よしにて、秀林院様のおん住居《すまひ》を城内へおん移し遊ばされ候やう、お勧め申す為に御座候。秀林院様は御勘考の上、御返事なされ候べしと、澄見には御意《ぎよい》なされ候へども、中中しかとせる御決心もつきかね候やうに見上げ候。然《しか》れば澄見の下がり候後《のち》は「まりや」様の画像の前に、凡《およ》そ一刻《いつこく》に一度づつは「おらつしよ」＊と申すおん祈りを一心にお捧《ささ》げ遊ばされ候。何も序《ついで》ゆゑ申し上げ候へども、秀林院様の「おらつしよ」は日本国の言葉にては無之《これなく》、羅甸《らてん》とやら申す南蛮国の言葉のよし、わたくしどもの耳には唯「のす、のす*」と聞え候間、その可笑《をか》しさをこらふること、一かたならぬ苦しみに御座候。

四、十二日は別に変りたることも無之、唯朝より秀林院様の御機嫌、よろしからざるやうに見上《みあげ》候。総じて御機嫌のよろしからざる時にはわたくしどもへはもとより、与一郎様（忠興の子、忠隆《ただたか》）の奥様へもお小言やらお厭味やら仰せられ候間、誰もみな滅多にお側へは近づかぬことと致し居り候。けふも亦《また》与一郎様の奥様へはお化粧のあまり濃すぎぬやう、「えそぽ物語*」とやらの中の孔雀《くじやく》の話*をお引き合ひに出され、長ながと御談議有之《これあり》候よし、みなみなお気の毒に存じ上げ候。この奥様はお隣屋敷浮田中納言《うきたちうなごん》*様の奥様の妹御《いもうとご》に当らせられ、御利発とは少少申し兼ね候へども、御器量は如何なる名作の雛《ひな》にも見劣らぬほどに御座候。

五、十三日、小笠原少斎《をがさはらせうさい》（秀清《ひできよ》）河北石見《かはきたいはみ》（一成《かずなり》）の両人、お台所まで参られ候。細川家にては男はもとより、子供にても奥へ参ることはかなはざる御家法に候間、表《おもて》の役人はお台所へ参られ、何ごとによらずわたくしどもに奥への取次を頼まるること、久しきならはしと相成り居り候。これはみな三斎様《さんさいさま》（忠興）秀林院様、お二《ふた》かたのおん焼餅より起りしことにて、黒田家*の森太兵衛《もりたへゑ》などにも、さてこそ不自由なる御家法も候ものかなと笑はれしよしに御座候。なれども亦裏には裏と申すことも有之、さほど不自由は致し居らず候。

六、少斎石見の両人、霜と申す女房*を召し出《いだ》され、こまごまと申され候は、この度急に治部少より、東へお立ちなされ候*大名衆の人質をとられ候よし、専《もっぱ》ら風聞仕り候へども、如何《いかが》仕るべく候や、秀林院様のお思召《おぼしめ》しのほども承《うけたまは》りたしとのことに有之《これあり》候。その節、霜のわたくしに申し候は、「お留守居役*の衆も手ぬるいことでおりやる。そのやうなことは澄見からをとつひの内に言上《ごんじやう》されたものを。やれやれお取次御苦な」とのことに御座候。尤もこれは珍しきことにても無之、いつも世上《せじやう》の噂《うはさ》などはお留守居役の耳よりも、わたくしどもの耳へ先に入《い》り候。少斎は唯律義《りちぎ》なる老人、石見は武道一偏《ぺん》のわやく人《じん》*に候間、さもあるべき儀《ぎ》とは存じ候へども、兎角たび重なり候へば、わたくしどもを始め奥のものは「世上に隠れない」と申す代りに「お留守居役さへ知つておりやる」と申すことに相成り居り候。

七、霜は即ちその旨《むね》を秀林院様へ申し上げ候ところ、秀林院様の御意なされ候は、治部少と三斎様とは兼ねがねおん仲悪《あ》しく候まま、定めし人質のとりはじめにはこの方へ参るならん、万一さもなき節は他家の並《なみ》もあるべきか、もし又一番に申し来《きた》り候はば、御返答如何遊ばされ候べきや。少斎石見の両人、分別致し候やうにとのことに御座候。少斎石見の両人も分別致しかね候へばこそ、御意をも伺ひし次第に候へば、秀林院様のおん言葉は見当違ひには御座候へども霜も御主人の御威光には勝たれず、その通り両人へ申し渡し候。霜のお台所へ下がり候後《のち》、秀林院様は又また「まりや」様の画像の前に「のす、のす」をお唱へ遊ばされ、梅と申す新参の女房、思はず笑ひ出し候へば、以《もつ》ての外《ほか》のことなりとさんざん御折檻《ごせつかん》を蒙《かうむ》り候。

八、少斎石見の両人は秀林院様の御意を伺ひ、いづれも当惑仕り候へども、やがて霜に申され候は、治部少かたより右の次第を申し来り候とも、与一郎様与五郎様（忠興の子、興秋《おきあき》）のお二《ふた》かたは東へお立ちなされたり、内記様（同上、忠利《ただとし》）も亦唯今は江戸人質に御座候間、人質に出《い》で候はん人、当お屋敷には一人《いちにん》も無之候へば、所詮《しよせん》は出し申すことなるまじくと返答仕るべし、なほ又是非ともと申し候はば、田辺《たなべ》の城（舞鶴《まひづる》）へ申し遣はし、幽斎《いうさい》様（忠興の父、藤孝《ふぢたか》）より御指図を仰ぎ候まま、それ迄《まで》待ち候へと挨拶《あいさつ》仕るべし、この儀は如何候べきと申され候。秀林院様の仰せには分別致し候やうにと申し渡され候へども、少斎石見両人の言葉に毛すぢほどの分別も有之候や。まづ老功の侍とは申さず、人並みの分別ある侍ならば、たとひ田辺の城へなりとも秀林院様をお落し申し、*その次には又わたくしどもにも思ひ思ひに姿を隠させ、最後に両人のお留守居役だけ覚悟仕るべき場合に御座候。然るに人質に出で候はん人、一人《いちにん》も無之候へば、出《いだ》し申すことなるまじくなどとは一も二もなき喧嘩腰《けんくわごし》にて、側杖《そばづゑ》を打たるるわたくしどもこそ迷惑千万に存じ候。
九、霜は又右の次第を秀林院様へ申し上げ候ところ、秀林院様は御返事も遊ばされず、唯お口のうちに「のす、のす」とのみお唱へなされ居り候へども、漸《やうや》くさりげなきおん気色《けしき》に直られ、一段然るべしと御意なされ候。如何《いか》さままだお留守居役よりお落し奉らんとも申されぬうちに、落せと仰せられ候訳には参り兼ね候儀ゆゑ、さだめし御心中には少斎石見の無分別なる申し条をお恨み遊ばされしことと存じ上げ候。且《かつ》は御機嫌もこの時より引きつづき甚だよろしからず、ことごとにわたくしどもをお叱りなされ、又お叱りなさるる度に「えそぽ物語」とやらをお読み聞かせ下され、誰はこの蛙《かはづ》、彼はこの狼《おほかみ》などと仰せられ候間、みなみな人質に参るよりも難渋なる思ひを致し候。殊にわたくしは蝸牛《かたつむり》にも、鴉《からす》にも、豚《ぶた》にも、亀《かめ》の子にも、棕梠《しゆろ》にも、犬にも、蝮《まむし》にも、野牛《のうし》にも、病人にも似かよひ候よし、くやしきお小言を蒙り候こと、末代迄も忘れ難く候。
十、十四日には又澄見参り、人質の儀を申し出《いだ》し候。秀林院様御意なされ候は、三斎様のお許し無之《これなき》うちは、如何《いか》やうのこと候とも、人質に出で候儀には同心仕るまじくと仰せられ候。然れば澄見申し候は、成程三斎様の御意見を重んぜられ候こと、尤も賢女には候べし。なれどもこれは細川家のおん大事につき、たとひ城内へはお出《いで》なされずとも、お隣屋敷浮田中納言様迄入《い》らせらるべきか。浮田中納言様の奥様は与一郎様の奥様と御姉妹《ごきやうだい》の間がらゆゑ、その分のことは三斎様にもよもやおん咎《とが》めなさるまじく、左様遊ばされ候へとのことに御座候。澄見はわたくし大嫌ひの狸婆《たぬきばばあ》には候へども、澄見の申し候ことは一理ありと存じ候。お隣屋敷浮田中納言様へお移り遊ばされ候はば、第一に世間の名聞《みやうもん》もよろしく、第二にわたくしどもの命も無事にて、この上の妙案は有之《これある》まじく候。

十一、然るに秀林院様御意なされ候は、如何にも浮田中納言殿は御一門のうちには候へども、これも治部少と一味のよし、兼ねがね承り及び候間、それ迄参り候ても人質は人質に候まま、同心致し難くと仰せられ候。澄見はなほも押し返し、いろいろ口説き立て候へども、一向に御承引遊ばされず、遂《つひ》に澄見の妙案も水の泡《あわ》と消え果て申し候。その節も亦秀林院様は孔子《こうし》とやら、「えそぽ」とやら、橘姫《たちばなひめ》*とやら、「きりすと」とやら、和漢はもとより南蛮国の物語さへも仰せ聞かされ、さすがの澄見も御能弁にはしみじみ恐れ入りしやうに見うけ候。

十二、この日の大凶時《おほまがどき》*、霜は御庭前《ごていぜん》の松の梢《こずゑ》へ金色《こんじき》の十字架の天降《あまくだ》るさまを夢のやうに眺め候よし、如何なる凶事の前兆にやと悲しげにわたくしへ話し申し候。尤《もつと》も霜は近眼の上、日頃みなみなになぶらるる臆病者《おくびやうもの》に御座候間、明星《みやうじやう》を十字架とも見違へ候や、覚束《おぼつか》なき限りと存じ候。

十三、十五日にも亦澄見参り、きのふと同じことを申し上げ候。秀林院様御意なされ候は、たとひ何度申され候とも、覚悟は変るまじ、と仰せられ候。然れば澄見も立腹致し候や、御前を退《しりぞ》き候みぎり、「御心痛のほどもさぞかしでおぢやらう。*どうやらお顔も四十あまりに見ゆる」と申し候。秀林院様にも一かたならず御立腹遊ばされ、以後は澄見に目通り無用と達し候へと仰せられ候。なほ又この日も一刻置きに「おらつしよ」をお唱へ遊ばされ候へども、内証にてのお掛合ひも愈手切《いよいよてぎれ》と相成り候間、みなみな安き心もなく、梅さへ笑はずに控へ居り候。

十四、この日は又河北石見、稲富伊賀《いなとみいが》*（祐直《すけなほ》）と口論致され候よし、伊賀は砲術の上手《じやうず》につき、他家にも弟子の衆少からず、何かと評判よろしく候まま、少斎石見などは嫉《ねた》きことに思はれ、兎角口論も致され勝ちとのことに御座候。

十五、この日の夜半、霜は夢に打手のかかるを見、肝を冷やし候よし、大声に何か呼ばはりながら、お廊下を四五間走りまはり候。

十六、十六日巳《み》の刻《こく》*頃、少斎石見の両人、再び霜に申され候は、唯今治部少かたより表向きの使参《つかひまゐ》り、是非とも秀林院様をおん渡し候へ、もしおん渡し候はずば、押し掛けて取り候はんと申し候間、さりとは我儘《わがまま》なる申し条も候ものかな、この上は我等腹を切り候とも、おん渡し仕るまじくと申し遣はし候、然れば秀林院様にも御覚悟遊ばされたくとのことに有之候。その節、生憎《あいにく》少斎は抜け歯を煩《わづら》はれ居り候まま、石見に口上を頼まれ候よし、又石見は立腹の余り、霜をも打ち果すかと見えられ候よし、いづれも霜の物語に御座候。

十七、秀林院様は霜より仔細《しさい》を聞こし召され、直ちに与一郎様の奥様とお内談に相成り候。後《のち》に承り候へば、与一郎様の奥様にも御生害《ごしやうがい》をお勧めに相成り候よし、何ともお傷《いたは》しく存じ上げ候。総じてこの度の大変はやむを得ぬ仕儀とは申しながら、第一にはお留守居役の無分別よりことを破り、第二には又秀林院様御自身のお気性より御《ご》最期《さいご》を早められ候も同然の儀に御座候。然るに与一郎様の奥様にも御生害をお勧め遊ばされ候上は、わたくしどもにさへお伴を仕るやう、御意なされ候やも計り難く、愈迷惑に存じ居り候ところ、みなみな御前へ召され候間、如何なる仰せを蒙ることかと一かたならず案じ申し候。

十八、やがて御前へ参り候へば、秀林院様御意なされ候は、愈「はらいそ」と申す極楽へ参り候はん時節も近づき、一段悦ばしく候と仰せられ候。なれどもおん顔の色は青ざめお声もやや震へ居られ候間、もとよりこれはおん偽《いつはり》と存じ上げ候。秀林院様又御意なされ候は、唯黄泉路《よみぢ》の障りとなるはその方どもの未来なり、その方どもは心得悪《あ》しく、切支丹《きりしたん》の御宗門にも帰依《きえ》し奉らず候まま、未来は「いんへるの」と申す地獄に堕ち、悪魔の餌食《ゑじき》とも成り果て候べし。就《つ》いては今日《こんにち》より心を改め、天主のおん教へを守らせ候へ。もし又さもなく候はば、みなみな生害の伴《とも》を仕り、われらと共に穢土《ゑど》を去り候へ。その節はわれらより「あるかんじよ」*（大天使）へ頼み、「あるかんじよ」より又おん主《しゆ》「えす・きりすと」へ頼み奉り、一同に「はらいそ」の荘厳《しやうごん》を拝し候べしと仰せられ候。然ればわたくしどもは感涙に咽《むせ》び、みなみな即座に切支丹の御宗門に帰依し奉る旨、同音に申し上げ候間、秀林院様にも御機嫌よろしく、これにて黄泉路の障りも無之《これなく》、安堵《あんど》いたし候まま、伴は無用と御意なされ候。

　十九、なほ又秀林院様は三斎様与一郎様へお書置きをなされ、二通とも霜へお渡し遊ばされ候。その後京の「ぐれごり屋」と申す伴天連《ばてれん》へも何やら横文字のお書置きをなされ、これはわたくしへお渡し遊ばされ候。この横文字のお書置きは五六行には候へども、秀林院様のお書き遊ばされ候には一刻あまりもおかかりなされ候。これも序《ついで》ゆゑ申し上げ候へども、このお書置きを「ぐれごり屋」へ渡し候節、日本人の「いるまん」（役僧）一人《いちにん》、厳かに申し候は、総じて自害は切支丹宗門の禁ずるところに御座候間、秀林院様も「はらいそ」へはお昇り遊ばさるることかなふまじく候、但《ただ》し「みさ」と申す祈禱《きたう》を奉られ候はば、その功徳広大にして、悪趣*を免れさせ候べし。

もし「みさ」を修せられ候はんには、銀一枚賜り候へとのことに御座候。

二十、打手のかかり候は亥《ゐ》の刻*頃と存じ候。お屋敷の表は河北石見預り、裏の御門は稲富伊賀預り、奥は小笠原少斎預りと定《さだ》まり居り候。敵寄すると承り候へば、秀林院様は梅を遣はされ、与一郎様の奥様をお召し遊ばされ候へども、はやいづこへお落ちなされ候や、お部屋は藻《も》ぬけのからと相成り居り候よし、わたくしどもみなみなおん悦び申し上げ候。なれども秀林院様にはおん憤《いきどほ》り少からず、わたくしどもに御意なされ候は、生まれては山崎の合戦*に太閤殿下《たいかふでんか》と天下を争はれし惟任《これたふ》将軍光秀《みつひで》*を父とたのみ、死しては「はらいそ」におはします「まりや」様を母とたのまんわれらに、末《まつ》期《ご》の恥辱を与へ候こと、かへすがへすも奇怪《きつくわい》なる平《ひら》大名の娘と仰せられ候。その節のおんありさまのはしたなさ、今も目に見ゆる心地致《いた》し候。

二十一、程なく小笠原少斎、紺糸の具足に小薙刀《こなぎなた》を提《ひつさ》げ、お次迄*御介錯《ごかいしやく》に参られ候。未《いま》だ抜け歯の痛み甚しく候よし、左の頬先《ほほさき》腫《は》れ上られ、武者ぶりも聊《いささか》かなげに見うけ候。少斎申され候は、お居間の敷居を越え候はんも恐れ多く候間、敷居越しに御介錯仕り、追ひ腹切らんとのことに御座候。御先途見*とどけの役は霜とわたくしとに定まり居り候へば、この頃にはみなみないづこへか落ち失《う》せ、わたくしどもばかり残り居り候。秀林院様は少斎を御覧ぜられ、介錯大儀と仰せられ候。細川家へお輿《こし》入れ遊ばされ候以来、御夫婦御親子《ごしんし》のかたがたは格別に候へども、男の顔を御覧遊ばされ候は今日《こんにち》この少斎をはじめと致され候よし、後《のち》に霜より承り及び候。少斎はお次に両手をつかれ、御最期の時参り候と申し上げ候。尤《もつと》も片頬腫れ上られ居り候へば、言舌《げんぜつ》も甚ださだかならず、秀林院様にも御当惑遊ばされ、大声に申候へと御意なされ候。

二十二、その時誰やら若き衆一人《いちにん》、萌葱糸《もえぎいと》の具足に大太刀《おほたち》を提《ひつさ》げ、お次へ駈けつけ候や否《いな》や、稲富伊賀逆心*仕り敵は裏門よりなだれ入り候間、速《すみやか》に御覚悟なされたくと申され候。秀林院様は右のおん手にお髪をきりきりと巻き上げられ、御覚悟の体《てい》に見上げ候へども、若き衆の姿を御覧遊ばされ、羞《はづか》しと思召《おぼしめ》され候や、忽《たちま》ちおん顔を耳の根迄赤あかとお染め遊ばされ候。わたくし一生にこの時ほど、秀林院様の御器量をお美しく存じ上げ候こと、一度も覚え申さず候。

二十三、わたくしどもの御門を出《い》で候節はもはやお屋敷に火の手あがり、御門の外にも人人大勢、火の光の中に集まり居り候。尤もこれは敵にては無之《これなく》、火事を見に集まりたる人人のよし、又敵は伊賀を引きつれ、御最期以前に引きあげ候よし、いづれも後《のち》に承り申し候。まづは秀林院様お果てなされ候次第のこと、あらあらと申し上げたる通りに御座候。

注解

煙草と悪魔

この小説の典拠は高木敏雄『比較神話学』(帝国百科全書　博文館、明治三十七年十月刊)の「第三節怪物退治説話の〈煙草の起源〉第百十六編」にあると言われている。(広瀬朝光『芥川の切支丹物新考察―「煙草」と「るしへる」の典拠』『文芸研究』昭和五十年五月)

ページ

八　*慶長十年頃　煙草は、天文年間(一五三二〜五五)または天正年間(一五七三〜九二)に南蛮人が伝えたという説もあるが、慶長年間(一五九六〜一六一五)とする説が、外国側の史料とも合致して有力である。

*それが文禄年間になると　「文禄」は「慶長」の前の年号なので、この記述は記憶違い。

*「きかぬものたばこの法度銭法度……　慶長十七年(一六一二)以来、煙草の売買、喫煙、栽培の禁止令と銭関係の禁止令が幾度も出されたが、その目的を達することができず、寛永(一六二四〜四四)頃には再び喫煙が流行した。

*落首　人物や社会状勢を風刺した匿名《とくめい》の狂歌や狂句。

*天主教　中国、朝鮮、日本におけるカトリック教の呼び名。「天主」はデウスの訳で神

の意味。

＊伴天連　ポルトガル語のPadre（神父）が転じたもの。日本にキリスト教布教のために渡来した宣教師。

＊フランシス上人　Francisco Xavier（1506～52）。スペイン生まれのローマ・カトリックの宣教師。インドで布教活動を始め、中国入国を前にして熱病で死亡した。日本には天文十八年（一五四九）に渡来し、我が国に初めてキリスト教を伝えた。

＊切支丹　Cristão（ポルトガル語）の転じたもの。キリスト教。

＊パアテル　Pater（ラテン語）の転じたもので、神父の意味。

＊誣《し》いる　事実を曲げて人を悪く言う。

九

＊アナトオル・フランスの書いた物　Anatole France（1844～1924）はフランスの作家。芥川は中学時代からアナトオル・フランスの小説を英訳で読み始め、晩年まで彼の風刺と諧謔《かいぎゃく》に満ちた懐疑的合理主義に親しんだ。「書いた物」とは、『Balthasar』（バルタザール 1889）のこと。芥川はJohn Laneの英訳本を持っていた。「悪魔は……そうである」の一節は、この中の「The curé's Mignonette」にある。

＊伊留満　irmão（ポルトガル語）の転じたもの。伴天連の次に位置する宣教師。

＊阿媽港《あまかわ》　中国広東省南部の港マカオ（Macao）のこと。当時はポルトガルの植民地だった。澳門《アオメン》とも呼ばれる。

＊ドクトル・ファウストを尋ねる時　ドイツの詩人ゲーテの戯曲「ファウスト」では、フ

ァウスト博士のもとを、悪魔メフィストフェレスが変装して訪れる。

一〇　＊マルコ・ポオロの旅行記　Marco Polo（1254～1324）は、イタリアの商人、旅行家。一二七一年に、父と叔父とともに中国（元）を訪れ、フビライ・ハーンの外交官として仕え、一二九五年にヴェネツィアに帰国した。その後ジェノヴァとの戦いに参加して捕虜となり、獄中で「東方見聞録」（一二九九年完成）を口述し、西欧人の東洋への夢を育てた。

＊波羅葦僧《はらいそ》　Paraiso（ポルトガル語）の転じたもので天国の意味。

一一　＊聖保羅《さんぽおろ》の寺　Saint Paul はロンドンの有名なキリスト教寺院。マカオにもザビエルゆかりの聖ポオロ寺院があった。

＊曖々《あいあい》たる　ぼんやりとかすんだ様子。

＊掌に……叱られた程　トルストイの小説「イワンのばかとそのふたりの兄弟」（Skazka of Ivanedurake, 1885）の中で、イワンの妹のマラーニヤは、老悪魔が食べ物を恵んでもらうため食卓につこうとすると、彼の手に働きだこがなく長い爪のはえているのを見て、老悪魔を追い出す。

一三　＊簇々《そうそう》として　群がり集まって。

＊漏斗　口の小さな容器に液体をそそぐのに使う、あさがお型の道具。

＊黄牛《あめうし》　毛が飴色をしている牛。当時上等の牛とされた。飴牛。

一四　＊殺急　早急と同じ。

一六　＊珍陀の酒　ポルトガルから輸入された赤葡萄酒（vinho tinto）。「珍陀」（tinto）はポルトガル語で「赤」の意味。

＊波羅葦僧垤利阿利《てれある》　Paraíso terreal（ポルトガル語）。地上の楽園。この世の楽園。

＊「じゃぼ」　diabo（ポルトガル語）。悪魔。

一七　＊波宇低寸茂《はうちすも》　baptismo（ポルトガル語）。洗礼。

＊因辺留濃《いんへるの》　inferno（ポルトガル語）。地獄。

一八　＊毘留善麻利耶《びるぜんまりや》　Virgem Maria（ポルトガル語）。処女マリア。聖母マリア。

＊泥烏須《でうす》　Deus（ラテン語・ポルトガル語）。キリスト教の父なる神をさす。

一九　＊ペンタグラマ　pentagrama（ポルトガル語）。魔よけのまじないに用いた五角形の星形。昔は神秘の標章だった。

＊南蛮寺　十六世紀後半、日本各地に建立されたキリスト教会堂の俗称。伴天連寺とも言う。京都の南蛮寺が最も有名で、一五七八年、イタリア人宣教師パードレ・オルガンティノ（Padre Organtino, 1530～1609）が織田信長の援助をうけ完成させた。

二〇　＊松永弾正　松永久秀（1510～77）。弾正は号。戦国時代の武将。三好長慶の家臣だが、主家の勢力を挫《くじ》こうとして長慶の子義興を毒殺し、長慶を憂死させた。その後も権力専横をきわめ、一時織田信長に従ったが、また信長に叛《はん》し、信長に信貴山城で討たれて自殺した。彼の行動は下剋上《げこくじょう》の世相の典型と見られている。

＊果心居士　（?～1617）。安土桃山時代の茶人。京都細川村に住んでいた。別号因果居士。

*ラフカディオ・ヘルン Lafcadio Hearn（1850～1904）。ハーン。文学者。ギリシャ生まれのイギリス人で、アイルランドで育ち、英仏で教育を受け、二十歳の時渡米して新聞記者となり創作評論によって認められた。一八九〇年（明治二十三）に来日し、松江中学、五高、東大で英語・英文学を講義し、「怪談」などを著し、日本の姿を世界に紹介した。一八九五年に帰化し、小泉八雲となのる。「果心居士のはなし」は、ハーンの「日本雑記」の中の一編。

*豊臣徳川両氏の外教禁遏《きんあつ》　豊臣秀吉は天正十五年（一五八七）、バテレン追放令を出し、慶長元年（一五九六）、長崎でキリシタン二十六人を磔刑《たっけい》にした。徳川幕府も慶長十七年（一六一二）三月の直轄《ちょっかつ》領でのキリスト教禁止・京都教会堂（南蛮寺）破却に始まり、翌十八年十二月以降、全国でキリスト教を本格的に禁止した。

さまよえる猶太人

二三

*口碑　伝説。

*グスタヴ・ドオレ Paul Gustave Doré（1832～83）。フランスの画家、版画家。代表作はラブレーの「ガルガンチュア物語」の挿し絵。

*ユウジァン・スウ Eugène Sue（1804～57）。フランスの作家。「さまよえる猶太人」という作品がある。

*ドクタア・クロリイ George Croly（1780～1860）。アイルランド出身の詩人、作家。

ここでは小説「サランシエル」(Salanthiel : Story of the Past, the Present and the Future)(一八二九)を指す。

*モンク・ルイズ　Matthew Gregory Lewis (1775〜1818)。イギリスの作家。「さまよえる猶太人」は代表作「マンク」(“Ambrosio, or the monk”)(一七九六)の第二巻第一章に「謎の男」として登場する。この「名高い小説」である「マンク」に因《ちな》んでMonk Lewisと呼ばれた。

*ウイリアム・シャアプ　William Sharp (1856〜1905)。スコットランドの作家、詩人。

*最後の審判　キリスト再臨の時、選ばれた者と断罪された者とを分けるキリストの普遍的な審判。ここで人類は永遠の至福か断罪を得るというキリスト教の教義。

*イエルサレム　Jerusalem。字義はヘブライ語で平和の都。ユダヤ教、キリスト教、イスラム教の聖都。イエス・キリストが過越の祭を祝うために訪れ、オリーヴ山で捕えられ、ゴルゴタの丘で十字架刑に処せられた時、この地は、ローマ統治下のユダヤの都だった。

*サンヘドリム　Sanhedrin。ローマ統治時代、イエルサレムに設立された七十人の議員。(祭司24、長老24、学者22)で構成され、大祭司が議長となった。ユダヤ人の司法・行政・宗務をつかさどる最高議会。〈つどい〉を意味するギリシャ語シュネドリオンをアラブ語化してサンヘドリム、あるいはサンヘドリンと呼んだ。

*ピラト　Pontius Pilatos。ローマ帝国の五代目ユダヤ総督(26〜36)。キリストの無罪を

知りつつ、死刑宣告をした。後にユダヤ人の暴動によってローマに送還され、自殺したと伝えられる。

二三

＊パウロ Paulos (10〜67頃)。厳格なユダヤ教の中で教育され、キリスト教徒を迫害していたが、ダマスカスへ向かう道で復活したキリストの声を聞き、以後はキリスト教の布教に務め、キリスト教義及び教会の最初の組織者となった。

＊アナニアス Ananias。ダマスカスに住むキリスト教徒。「新約聖書」の「使徒行伝」に、回心直後のパウロに洗礼を授けたことが記されている。

＊ムウニッヒ Munich (München)。ドイツの南東部にある、バイエルン州の州都。ミュンヘン。

＊ホオルマイエル Joseph von Hormayer (1782〜1848)。オーストリアの歴史家。

＊タッシエン・ブウフ Tashenbuch (ドイツ語)。「手帳」。

＊マシウ・パリス Matthew Paris (1200頃〜59)。イギリスの歴史家・年代記作者。一二一七年にセント・アルバンス修道院に入り年代記制作室の主任となり、「大年代記クロニカ・マヨラ」を増補し、「小歴史」(ヒストリア・ミール)を編纂《へんさん》した。

＊大アルメニア アルメニア共和国、トルコ、イランにまたがる地域の呼び方。アルメニアは、キリスト教を国家宗教とし、七世紀に政治的独立を失った後も、他の東方教会からも孤立した独自のアルメニア正教を維持し続けた。

＊フィリップ・ムスク Philippe Mousket。十三世紀のフランスの歴史家。

＊韻文の年代記　La Chronique Rimée。「韻文年代記」。「フランス歴代諸王武勲抄」の翻案。十三世紀半ばに執筆。紀元前一二〇〇年頃のトロヤ戦争から、カール大帝（在位768〜814）の時代までの歴史を記述する。

二四

＊ボヘミア　Bohemia。チェコスロバキアの西部地方。地名は最古の住人ボイイ人に由来。チェコの首都プラハもこの地方にある。

＊シュレスウィッヒ　Schleswig。ドイツ北端部の都市。シュレスビヒ。

＊ハムブルグ　Hamburg。ドイツ北部の港湾都市。エルベ川下流域に位置する。

＊リウベック　Lübeck。ドイツ北東部の都市。バルト海に注ぐトラーベ川河口より約二十キロ上流沿岸に位置する。商業都市として繁栄し、ハンザ同盟の主導的役割を果たした。

＊レヴェル　Revel。フランス南部の都市。

＊クラカウ　Kraków。ポーランド南部の都市。

＊ナウムブルグ　Naumburg。ドイツ中東部の都市。

＊ライプツィッヒ　Leipzig。ドイツの都市。

＊スタンフォド　Stanford。イングランド中部の商業都市。

＊十四世紀の後半　「十六世紀の後半」の間違い。

二五

＊デルブロオ　Barthélemy d'Herbelot（1625〜95）。フランスの東洋学者。

＊ビブリオテエク・オリアンタアル　Bibliothèque Orientale「東洋全書」（一六九七）。

＊エルヴァン Yerevan。アルメニアの首都。十六世紀初頭、アルメニアは隣接する二大イスラム強国、オスマン朝トルコとサファヴィー朝ペルシャの抗争の場となり、首都エルヴァンの争奪戦も繰り返された。

＊パアテル・ノステル Pater noster（ラテン語）。我々の父なる神。

二六

＊「ぎやまん」 diamant（オランダ語）。ガラス。

＊羅面琴《らべいか》 rabeca（ポルトガル語）。中世にポルトガル、スペインで使われた三または四弦の弦楽器。

＊I・N・R・I Iesus Nazarenus, Rex Iudæorum（ラテン語）の略記。「ナザレのイエスはユダヤの王なり」の意。「新約聖書」の「ヨハネの福音書」第十九章十九節には「ピラトは罪状書きも書いて、十字架の上に掲げた。それには『ユダヤ人の王ナザレ人イエス』と書いてあった。」と記されている。

＊或ものは……多かったのに違いない 例えば、「新約聖書」の「マルコの福音書」第十五章には、「兵士たちはイエスを、邸宅、すなわち総督官邸の中に連れて行き、全部隊を呼び集めた。そしてイエスに紫の衣を着せ、いばらの冠を編んでかぶらせ、それから、『ユダヤ人の王さま。ばんざい。』と叫んであいさつをし始めた。また、葦《あし》の棒でイエスの頭をたたいたり、つばきをかけたり、ひざまずいて拝んだりしていた。彼らはイエスを嘲弄《ちょうろう》したあげく、その紫の衣を脱がせて、もとの着物をイエスに着せた。それから、イエスを十字架につけるために連れ出した。」『新改訳新約聖書』（一九八九年二月二十

日刊、日本聖書刊行会）と記されている。

二七　*両肥　肥前国《ひぜんのくに》（佐賀県と壱岐《いき》・対馬《つしま》を除く長崎県）と肥後国《ひごのくに》（熊本県）。

*平戸天草の諸島　長崎県北部、北松浦半島の西にある平戸島・度島《たくしま》および周辺の小島と、熊本県天草郡の天草諸島（上島・下島など）。

*MSS.　manuscripts（英語）。略記。写本。

二九　*和郎　やつ。野郎。

*天竺　中国、日本で用いられたインドの古称。

*ウルスラ上人　Ursula（?～238?）。聖女ウルスラと呼ばれる伝説的なキリスト教の殉教者。イングランドの王女と伝えられる。改宗異教徒の十五万一千人の処女をひきつれてローマに巡礼するが、その帰途、フン族の一団によって、一万一千人の同行者とともに殺害されたという。この伝説は、中世には非常に有名で、誇張して語られた。

*パトリック上人　Patrick（385?～461?）。キリスト教の宣教師。十六歳で海賊にさらわれ、アイルランドでアントリムの首長に売られたが六年後に逃亡し、フランスで修道士となる。四十五歳で司祭となり、アイルランドに伝道してキリスト教をひろめた。「アイルランドの使徒」と言われる。

*浄罪界　ローマ・カトリック教で言われる、霊魂が天国に入る前に浄化される場所。煉《れん》獄《ごく》。

*使徒行伝　八〇～一二〇年頃、「ルカの福音書」の続篇として、ルカによって書かれた

「新約聖書」の一書。初期キリスト教団の歴史と福音宣教とを記し、初代教会の様子を知る貴重な資料となっている。

三〇　＊パリサイの徒　パリサイ派（Pharisees）は、紀元前二世紀中葉に起こったユダヤ教の一宗派。信者は学者階級が多く、モーゼの律法を厳格に守り、形式的純潔を重んじたため、その偽善性をイエスに痛烈に非難された。そのため彼らは、イエスを「律法を汚す者」として十字架にかけた。

＊「ナザレの木匠の子」　イエス・キリストのこと。ナザレ（Nazareth）は、パレスチナのガリラヤ南端の町。イエスの母マリアとその夫ヨセフが住み、イエスも三十歳頃までこの地で過ごした。ヨセフは大工（木匠）だった。

三二　＊ナルドの油　ナルド（nard）はヒマラヤ原産のおみなえし科の多年生草本の甘松。その根から取った香油は、非常に珍重された。「新約聖書」の「マルコの福音書」第十四章三節に「非常に高価なナルド油」と、また「ヨハネの福音書」第十二章三節に「非常に高価な、純粋なナルドの香油」とある。

三三　＊馬太伝……　「新約聖書」の「マタイの福音書」第十六章二十八節は、「まことに、あなたがたに告げます。ここに立っている人々の中には、人の子が御国とともに来るのを見るまでは、決して死を味わわない人々がいます。」である。

＊馬可伝……　「新約聖書」の「マルコの福音書」第九章一節は、「イエスは彼らに言われた。『まことに、あなたがたに告げます。ここに立っている人々の中には、神の国が

力をもって到来しているのを見るまでは、決して死を味わわない者がいます。』」である。

奉教人の死

三五　*奉教人　キリスト教徒。

三六　*慶長訳 Guia do Pecador　慶長年間（一五九六～一六一五）に翻訳されたキリシタン文献『ギア・ド・ペカドル』（スペイン語。『罪人たちの導き』の意）のこと。十六世紀スペインの神学者ルイス・デ・グラナダ（Luis de Granada）の原著を、慶長四年（一五九九）、『きやとへかとる罪人を善に導くの儀也』と題して上下二巻に抄訳して出版され、当時の日本の知識階級や信者に広く読まれた。上巻では神の尊さと恵みを説き、下巻では「悪をなす者は如何なる最後を招くかを示し」「善を勧める道を教えている。」（新村出《しんむらいずる》、柊源一《ひらぎ》校註『吉利支丹文学集1』解説）「たとひ三百歳の……如し。」は、下巻に見える。

*甘味　宗教的歓喜。

*慶長訳 Imitatione Christi　慶長年間に翻訳されたキリシタン文献『イミタシオネ・クリスティ』（ラテン語。『キリストに倣《なら》いて』の意。）のこと。オランダの司祭ヘールト・デ・フロート（Geert de Groote, 1340～84）が起草し、ドイツの宗教作家で司祭のトマス・ア・ケンピス（Thomas á Kempis, 1379～1471）らが修正増補編纂した（一四一五?～二四）とする説が有力だが、他にもイタリア、フランス、スペインの六十余人が著者に擬せられている。キリスト教社会で聖書に次いで博《ひろ》く読まれた名著。邦題は『こ

んてんつすむんぢ』（“Contemptus Mundi” 厭世経《えんせいきょう》）。現存するのは、慶長元年（一五九六）、天草で出版されたと推定されるローマ字本『コンテムツス・ムンヂ』と慶長十五年（一六一〇）、京都の原田アントニヨ印刷所刊の国字本『こんてむつすむん地』の二書。「善の道に……覚ゆべし」は、ERNEST MASON SATOW “THE JESUIT MISSION PRESS IN JAPAN 1591-1610”（1888）所収“Contemptus Mundi”中の「jenno michini tachiiri taran fitoua govoxiyeni comoru fucaxigui no canmivo voboyubexi」と一致するという説（花田俊典、『芥川龍之介全集第三巻』注解、一九九六年一月十日刊、岩波書店）がある。

＊「えけれしや」（寺院） ecelesia（ポルトガル語）。以下、「奉教人の死」の作中で使われる語（ぜんちょ、でうす、いるまん、すぺりおれす、伴天連、ぐろおりや、ぜす・きりしと）などは、天草吉利支丹版『平家物語』（一五九二年、日本人信徒ファビアンによって口語訳された対話形式の『平家物語』）にならったと思われる（芥川は「風変わりな作品二点に就いて」（『文章往来』大正十五年一月号）で、「奉教人の死」の文体は「当時の口語訳平家物語にならつ」て創作したものと述べている）。

＊「ろおれんぞ」 初出（大正七年九月一日刊、雑誌『三田文学』）では「ろおらん」となっていたが、新村出に「ロオランもあそこはロレンソと云ふべき」（「南蠻録三『れげんだ・おうれあ』」『芸文』大正七年十二月号）と指摘され、短篇集『傀儡師《かいらいし》』（大正八年一月十五日刊、新潮社）収録の際、「ろおれんぞ」に直した。

三七　*御降誕の祭の夜　クリスマス（十二月二十五日）の夜。
*「ぜんちょ」（異教徒）　gentio（ポルトガル語）。

*「こんたつ」（念珠）　Contas（ポルトガル語）。数珠《じゅず》。

*「すぺりおれす」（長老衆）　superiores（ポルトガル語）。教会の名誉職にある人々。

*天童　キリスト教の天使（angel）のこと。

*「しめおん」　Simeon。男子の洗礼名。「奉教人の死」の典拠と言われている日本近代文学館〈芥川龍之介文庫〉の旧蔵書『聖人伝』（斯定筌《スタインシェン》訳著、明治二十七年初版、秀英社）所収の「聖マリナ」には「しめおん」に相当する人物は登場しない。ただ「シメオン」という名は聖人に多く、前述の『聖人伝』の中にも、苦行を続け「柱の行者聖シメオン」と呼ばれた「聖シメオン、スチリト行者」の話が載せられている。

*槍一すじの家がら　従者に槍をもたせるほどの相当の家柄の武士。

*「ればのん」山　レバノン（Lebanon「白い」という意）は、パレスチナ北部を北北東から南南西に平行して走る二連の山脈で、一年中雪をいただいていることから、この名を得た。旧約聖書に頻出する。二連峰の間の肥沃《ひよく》な平原は葡萄の産地として知られ、山岳地は森林が豊富だった。
三九　*うちつけに　あからさまに。
*まさかとは見られぬ程　面と向かっては見られない程。
四〇　*一円　いっこうに。

＊かつふつ　まったく。
＊糊口のよすが　生活の手段。
＊「ぐろおりや」（栄光）Gloria（ポルトガル語）。
＊いたいけな少年　弱々しく可愛らしい少年。

四一
＊えとり　餌取。中世の被差別民に対する呼称。近世、牛馬を殺してその肉や皮を売る賤民身分の「穢多《えた》」という語は、えとりの転訛《てんか》ともいわれている。初出では、「穢多《えとり》」と書かれていた。
＊さげしまるる　さげすまれる。
＊刀杖瓦石の難　刀や杖でうたれたり、瓦や石を投げつけられる災難。

四二
＊更闌《こうた》けて　夜がふけて。「更」は、日の入りから日の出までの間を五等分して呼ぶ時刻の名。
＊「ぜす・きりしと」Jesu Christo（ポルトガル語）。イエス・キリスト。
＊所行無慚　恥を知らぬ行為。傘張の娘と通じ姦淫《かんいん》の戒を破った行為。
＊よしない儀　しかたがないこと。

四三
＊光陰に関守なし　月日（「光」は日、「陰」は月）のたつのは速いというたとえ。「光陰矢の如し」と同じ意味。
＊一夜の中に……大火事のあった事じゃ　芥川は「一つの作が出来上るまで」（大正九年）で「『奉教人の死』という小説は、（略）仕舞のところに、火事のことがある。その火事

のところは初めちっとも書く気がしなかったので、只主人公が病気か何んかになって、静かに死んで行くところを書くつもりであった。ところが、書いているうちに、その火事場の景色を思いついてそれを書いてしまった。火事場にしてよかったか悪かったかは疑問であるけれども。」と述べている。

＊末期の御裁判《おんさばき》の喇叭《らっぱ》の音が　最後の審判の情景。「新約聖書」の「ヨハネの黙示録」には、最後の審判の日、神の御前にラッパを持つ七人の御使いが現われ、彼らがラッパを吹くと大地が焼け、海が血となり、星が天から落ち、多くの人が殺される情景が述べられている。

＊眷族　従者。

四四 ＊一定　きっと。

四五 ＊遍身　全身。

＊「くるす」（十字）　cruz（ポルトガル語）。

四八 ＊「こいさん」（懺悔）　confissão（ポルトガル語）。

＊「まるちり」（殉教）　martyrio（ポルトガル語）。

＊罪人　傘張の娘のこと。彼女はモーゼの十戒のうち姦淫（邪淫）と偽証（虚言）の二つの罪を負っている。

五一 ＊予が所蔵……「れげんだ・おうれあ」と云う　芥川の虚構の書名。これ以下の書誌の説明は、新村出『南蛮記』（東亜書房、一九一五年八月刊）所収「吉利支丹版四種」中の

「ギア、ド、ペカドール」についての「上下二巻、美濃紙摺《ずり》、草書体平仮名交りの通俗和文にして……（傍点新村）」などの記述を参考にしたと思われる。

＊LEGENDA AUREA　ラテン語。黄金伝説。

＊西欧の所謂《いわゆる》「黄金伝説」"Legenda aurea"（「黄金聖人伝」）は、イタリアのジェノヴァ大司教ヤコブス・デ・ヴォラジネ（Jacobus de Voragine, 1230?~98）が著した聖人使徒の伝記集。中世ヨーロッパのキリスト教圏で広く読まれた。芥川は William Caxton の英訳本"The golden legend"（Cambridge Univ 版一九一四年）を所蔵していた。

五二 ＊「御出世以来千五百九十六年、慶長二年三月上旬鏤《る》刻也《こくなり》」「御出世以来」とはキリスト生誕以来の意味で、キリシタン版の書物でよく使われる言葉。「慶長二年」は、初出（大正七年九月一日『三田文学』）では「慶長元年」だったが、慶長元年は十月二十七日改元なので「三月」はないという新村出の指摘をうけ、『傀儡師』収録の際「二年」に改めた。だが西暦はそのままにしたので、一年の誤差が生まれた。慶長二年は西暦一五九七年となる。

＊雅馴　おだやかで上品なこと。

＊「長崎港草」　熊野正紹著の地誌書。寛政四年『長崎叢書』（一八九四）に活字翻刻版が所載されている。

＊云爾《しかいう》　文章の最後につけ「以上の通りである」の意を表す語。

るしへる

五四　*破提宇子《はでうす》　キリスト教排撃の書。元和六年（一六二〇）、元日本イエズス会修道士だったハビアンによって書かれた。書名の意味は、提宇子（Deus、神）の教理を論破するということ。

*加賀の禅僧巴毗弇《はびあん》なるもの　ハビアン（Fabian 永禄八年〔一五六五〕～元和七年〔一六二一〕）は洗礼名。日本人の修道士。本名は不詳。不干斎巴鼻庵・Fabian Vnguio Fucan Fabian・巴毗弇などと署名した。天正十一年（一五八三）、京都で受洗、同十四年（一五八六）、イエズス会に入り、慶長十一年（一六〇六）、京都の教会で儒者林羅山と論争したが、同十三年（一六〇八）、イエズス会を脱会し、幕府に協力した。仏教・儒教・神道を排撃し、吉利支丹教義を説く『妙貞問答』（一六〇五）を著し、天草本『平家物語』（一五九二）を編集した。「加賀の禅僧」とあるのは、新村出「天草出版の平家物語抜書及び其編者について」（明治四十二年九月、十月『史学雑誌』のち、『南蛮記』〔大正四〕所収）に「参考資料として価値遥に下る南蛮寺興廃記には（略）其素性を述べては加賀の禅僧慧春《けいしゅん》の癩病《らいびょう》にかゝりて乞食に成果て京の片隅にありしを、南蛮寺の僧に救済せられ、其他二人と共に博識敏捷《びんしょう》なるを以て取立てられて、名を梅庵と号し和語にて説法教化に従事す」と記されていることによる。

*老儒の学　老子と孔子の教え。

＊一かどの才子　新村出「天草出版の平家物語抜書及び其編者について」に「学才弁口衆に勝れ」「敏慧なる一才子」とある。

＊華頂山文庫「華頂山」は京都の浄土宗総本山知恩院の山号。知恩院の文庫を華頂山文庫と呼ぶ。ここで言う「破提宇子の流布本」とは、知恩院の住職、杞憂《きゆう》道人鵜飼徹定(1814〜91)が慶応四年（一八六八）と明治二年（一八六九）に序文を付けて上梓《じょうし》した木活字本「破提宇子」を、『続々群書類従第十二宗教部（明治四十）』に翻刻し収めたものをさす。

＊予が所蔵の古写本　芥川の虚構。ハビアン著『妙貞問答』の写本が大正六年（一九一七）、伊勢の神宮文庫（三重県伊勢神宮の文庫。明治四十年開館）で発見され、大正七年（一九一八）二月、坂本広太郎がそれを『史学雑誌』に紹介し、ハビアンの存在が注目された。芥川はこのような時期に「るしへる」（大正七年十一月一日刊、雑誌『雄弁』）を発表した。

五五

＊破邪顕正　邪道をうち破り、正しい道理を世の中にあらわし示すこと。

＊Diabolus（ラテン語）。悪魔。

＊新村博士の巴毗弁に関する論文　新村出（1876〜1967。言語学者・南蛮文学研究家・文学博士・京都大学名誉教授）著「天草出版の平家物語抜書及び其編者について」（『南蛮記』〈大正四年八月刊〉所収の際、題を「天草吉利支丹版の平家物語抜書及び其編者」にかえた）のこと。

五六

＊提宇子のいはく　これ以下「何と云ふ事ぞ。」（五六頁一四行目）までは、ほとんど『続々群書類従第十二宗教部』所収の「破提宇子」三段の通り。このあとが芥川の創作となる。

＊「すひりつあるすすたんしや」　spiritual sustancia（ポルトガル古語）。霊的実体。

＊安助（天使）　anjo（ポルトガル語）。

＊上一人の位　最高の位。

＊不退　信仰堅固なこと。

＊「るしへる」と云へる安助　「るしへる」（Lucifer、ポルトガル語）は悪魔、魔王の意味。「るしへる」が堕天使とする考え方は「新約聖書」の「ルカの福音書」の「イエスは言われた。『わたしが見ていると、サタンが、いなずまのように天から落ちました。』」（第十章十八節）という節と、バビロニア王の没落を預言したイザヤ書をあわせて、三世紀頃に成立した。

＊天狗　キリシタン文献で悪魔（ぢゃぼ）の意味に用いる。

＊破していはく　論破して言うには。

＊真如法性本分　仏の本体。

＊六合　世界。

＊聞きはつり云ふ　聞きかじって言う。

＊「さひえんちいしも」　sapientissimo（ポルトガル語）。エピエンチイシモ。全智全能。

＊三世了達の智　過去・現在・未来の有様をすべて理解しつくした智恵の意味。

*慳貪　無慈悲なこと。

五七

*鬼物　邪悪なもの。
*われ、昔、南蛮寺に住せし時　新村出「天草吉利支丹版の平家物語抜書及び其編者について」に「茲《ここ》にハビアンの経歴を叙せん。彼元と加賀の禅僧恵俊（又恵春に作る）といひ、流浪の末、天正中、秀吉の頃、京都南蛮寺に入りて西教に帰依し、ハビアンと教名を得て、説教に従事し、博識敏慧能《よ》く伴天連を佐《たす》く」とある。
*胡乱の言　うさんくさい発言。
*愚痴　おろかなこと。
*「さんた・まりあ」　Santa Maria（ラテン語）。「聖マリアよ」。
*「あぽくりは」　apocrypha（ラテン語）。偽典。

五八

*貪望　欲ばり。
*饕餮　食物や財物をむさぼること。
*悪趣　地獄におちる原因となる悪い行為。
*うらうへ　あべこべ。
*祈禱《おらしよ》　oratio（ラテン語）。お祈り。
*崑崙奴　中国三国時代以降、南の国（ベトナム、カンボジア、マライ半島など）から連れてきた奴隷を呼ぶ言葉。南方の色の黒い人。
*法服《あびと》　habito（ポルトガル語）。僧侶の衣服。

五九 *唾罵 つばをはきかけて、ののしること。

六〇 *黄昏 夕闇。

*沙門 śramana（サンスクリット）の漢語音訳。僧侶。

*汚さまく 汚そうと。

六一 *匇惶として あわてふためいて。

*宗門の内証 キリスト教の真理。

*天地作者の方寸 天地を創造した方の御心中。

*蔓頭の葛藤、截断し去る すべての迷いを払い除くこと。

*咄《とつ》 驚き怪しんだり、強く呼びかけたりする時に発する語。舌うち。

きりしとほろ上人伝

六三 *きりしとほろ上人 聖クリストフォルス（St. Christophorus）。キリスト教の十四救難聖人の一人プロボスの洗礼名。三世紀のシリアのキリスト教殉教者。その名は「キリストを背負う者」を意味し、ここからキリストを背負って川を渡ったという伝説が生まれた。

六四 *三田文学 慶応義塾大学文科の機関誌。明治四十三年五月、永井荷風を主幹として創刊され、反自然主義の一勢力となった。「奉教人の死」は、大正七年九月号に発表。

*切支丹版 天正十八年（一五九〇）六月、ヴァリニャーノが遣欧使節を連れて帰り活字

印刷機を伝えてから、江戸幕府がキリスト教を禁止し（慶長十八）高山右近らをマニラ・マカオに追放した慶長十九年（一六一四）までに、イエズス会により活字印刷機で出版された書物。『イソポ物語』『日葡《にっぽ》辞書』などが著名。

＊「れげんだ・あうれあ」　注解一九九頁参照。「切支丹版」は芥川の虚構で、この作品の素材は、芥川所蔵の"The Golden Legend: Lives of the Saints"による。

＊西教徒　キリスト教徒。

六五　＊おじゃる　この作品の独特な文体は、芥川が日本イエズス会出版の天草本「伊曾保物に倣《なら》った」（「風変わりな作品二点に就て」）と述べている。新村出編『文禄旧訳伊曾保物語』（開成館、一九一一年六月刊）の解説には、「物語の言葉遣は狂言に酷似し、『おりやる』『おりない』又『おじゃる』などを用ゐたるを以て、殊に伊曾保伝中の数節を読まば、身親しく舞台に面して狂言を耳にするの感あり」とある。

＊「しりあ」　Syria。旧約、新約両聖書に登場する国家。「北はタウロス、アマヌス山脈、東はユーフラティス川、アラビヤ砂漠、南はパレスチナ、西は地中海、フェニキヤによってかこまれた地域」（『聖書辞典』新教出版社、一九九六年刊）。地中海沿岸と山地、ユーフラティス川流域は肥沃な土地で農業、牧畜が盛ん。

＊「れぷろぼす」　この作品の「れぷろぼす」像には、「クリストフォロス」とともに、前述の『文禄旧訳伊曾保物語』の「イソポ」のイメージもあると指摘されている（松本常彦『芥川龍之介全集第四巻』注解、一九九六年二月八日刊、岩波書店）。

*三丈　約九メートル。
*海松房《みるふさ》　二十センチ程の長さの海藻。
六六　*廻船　旅客も乗せる貨物船。
*夜さり　夜。「さり」は「去り」で時が自然に移っていく意味。
*山賤　きこりや猟人《かりゅうど》。
六七　*『あんちおきや』　Antiochia。オロンティス川河口付近の南岸の沃地にあった町。紀元前三〇〇年頃、セレウコス一世が建設し、彼の父アンティオコスの名に因んで名づけられた。紀元前六四年頃、ローマ帝国のシリア県の首都となり、地中海とユーフラティス川流域、ピカと小アジアを結ぶ交易都市として繁栄した。
六八　*ひきなずんで　ひきなやんで。
*城裡　城下町のなか。
六九　*大名小路　大名屋敷の並んでいる通り。
*御輦《ぎょれん》　人が肩に担いで、天子をお乗せする輿《こし》。
*したたかな　甚だしく大きな。『文禄旧訳伊曾保物語』の用語。
七〇　*宰領　ここでは、荷物を運送する役。
*漆紋の麻裃　漆で紋を書いた麻の裃。下級武士の礼服。
*役者　役人。『文禄旧訳伊曾保物語』の用語。
*万夫不当　一万人でかかってもかなわないような強さ。

＊貝金　戦いで合図に鳴らす法螺《ほら》貝と鉦《かね》。
＊旗差物　鎧の背中にさして目じるしにする小旗。
七一　＊天主　ここでは天守閣のこと。
＊「ぺりして」　Philishtim（ヘブライ語）。イスラエル民族のカナン侵入以来、長期にわたりイスラエル人と敵対した民族。前一二〇〇年頃、小アジアの西南海岸、エーゲ海諸島、地中海沿岸、エジプトにまで勢力をのばしたが、前一一九〇年、エジプトでラメセス三世に敗北し、パレスチナのカルメル山以南の沿岸に定着した。この地方がペリシテと呼ばれ、さらにカナン全土がパレスチナという呼称を持ったのは、このペリシテびとに因る。
＊「ごりあて」　Golyath（ヘブライ語）。ダビデに殺されたペリシテ族の巨人。「鱗綴《うろことじ》の……劣るまじい」という一節は、「旧約聖書」サムエル記上第十七章五〜六節の「ごりあて」の描写に通うという説（曺紗玉『芥川龍之介とキリスト教』〈翰林書房、平成七年三月刊〉）がある。
＊物の具　武装。
＊竜馬　強くて立派な馬。
七二　＊得物　得意とする武器。
＊猿臂　長い腕。
＊鞍壺　鞍の跨《またが》る部分。

七三　*兜首　大将や身分の高い武士の首。
*形儀　「Catagui（略）ならわし」（『日葡辞書』）。
*わせられる　おいでになる。
*検校　琵琶法師の最高位。
*障碍　たたり。
七六　*生々世々　いつまでも。
*ごへん　あなた。貴殿。『文禄旧訳伊曾保物語』の用語。
七七　*妖霊星　災いの前兆となる怪しい星。
*「えじっと」　Egypt。エジプト。『文禄旧訳伊曾保物語』の用語。
*有験　修行をつんでお祈りのききめがある。
七八　*ひきはえながら　引き延《は》へながら。長くひきずりながら。
*室神崎　室津（現兵庫県揖保《いぼ》郡御津町）と神崎（現尼崎市）は、遊女町で有名な瀬戸内海の港。
*遊び　遊女。
*迦陵頻伽《かりょうびんが》　仏教で、極楽にいるという鳥。美女の顔を持ち、美しい声で鳴く。
七九　*業畜　悪業の深い畜生（仏語）。ここでは魔を退散させる掛け声。
八〇　*枯木に薔薇の花が咲こうずる　出典の「聖クリストポロス」の中で、キリストがレプロボスの杖に花を咲かせたことを踏まえた表現。

八一　*流沙河　「流沙」は砂漠のこと。砂漠を流れる河。「西遊記」に描かれた「沙悟浄」が潜んでいる大河の転用という説もある。（遠藤祐「『奉教人の死』と『きりしとほろ上人伝』—物語の構造」〔『作品論芥川龍之介』双文社出版、一九九〇年十二月刊〕）

八二　*得度　僧侶となることだが、ここではキリスト教信者となること。

*向後　これからは。

*必定　きっと。

八三　*天魔波旬　欲界第六天の魔王波旬。「波旬」はPāpiyās（サンスクリット）で悪魔の意味。『文禄旧訳伊曾保物語』の用語。

*楊花　ねこやなぎの花。

八五　*念無う　たやすく。

*天使《あんじょ》　Anjo（ポルトガル語）。

八七　*馬太の御経　『新約聖書』の「マタイの福音書」第五章三節を踏まえる。

黒衣聖母

九〇　*「けれんど」　Credo。キリスト教の基本的教義を簡潔にまとめたもの。祈禱の一つ。現在カトリック教では「使徒信経《しとしんきょう》」と言われ、洗礼式や聖務日課の中で唱えられる。ただし、この引用は「けれんど」ではなく、「さるべれじな」（Salve Regina〔ラテン語〕）。「さるべれじな」は、聖務日課において古くから用いられた、聖母を讃える最古の交唱の一つ。「(前略) この涙の谷で泣き悲しみつつ、あなたに嘆願いたします。いとも慈悲深い弁護者なる聖母、あわれみのまなこを私たちに注いでください(略) 寛容、仁慈、甘美にましますが処女マリア。」(浜寛五郎訳『現代カトリック事典』昭和五十七年刊、エンデルレ書店)

*麻利耶観音　禁制下のキリスト教徒は、観音像を、聖母マリアの変身として礼拝した。

*切支丹宗門禁制時代　注解一八八頁参照。明治政府も、一八六八年(慶応四) 四月七日の禁令五条の高札の中で切支丹邪宗門の禁止を布告したが、一八七三年(明治六)、諸外国からの抗議によってキリシタン禁制の高札が撤去され、三百年近い禁制時代が終わった。

*黒檀　南方アジア産の黒色で光沢の美しい器具材。

*瓔珞　宝石を連ねて編み、仏像の頭・頸・胸などにかけた飾り。

九二 *牙彫り　象牙の彫刻。

*寸毫　ほんのわずか。

九三 *宗門神　信仰する宗派の神。

*嘉永の末年　嘉永六年(一八五三) 六月に、アメリカ東インド艦隊司令長官ペリーが、遣日国使として軍艦四隻を率い浦

麻利耶観音
(芥川龍之介愛蔵)

賀に来航した。嘉永は元年（一八四八）から七年（一八五四）まで。

九四　＊切髪　江戸から明治にかけて、主に武家の未亡人が出家の意味でした髪型。髷《まげ》を結わずにもとどりを括《くく》って束ね、後ろに垂らしておく。

＊火伏せの稲荷　「火伏せ」は、火災を防ぐ神仏の通力。京都伏見の稲荷大社を本社とする稲荷は、中世から近世にかけて商売守護神、屋敷神として最もポピュラーな信仰の対象となり、各町内や屋敷内に祠《ほこら》が作られた。

九五　＊御戸張　神棚や仏壇の前に垂らす小さな帳《とばり》（カーテン）。

九八　＊霊魂《アニマ》　Anima（ポルトガル語）。

＊DESINE……PRECANDO（ラテン語）。古代ローマの詩人ウェルギリウス（Vergilius, 前70〜19）の叙事詩「アエネイス」（Aeneis, 前30〜19）の一節。この詩は、ローマ帝国の起源から発展までを描いてアウグストゥス治世下のローマの平和を讃え、その平和の犠牲者を追悼する目的で書かれた。

神神の微笑

一〇〇　＊Padre Organtino　Gnecchi: Soldo: Organtino パアドレ・オルガンティノ（1530〜1609）。イタリア人宣教師でポルトガルのイエズス会士。一五七〇年来日。織田信長の信任を受け、安土に神学校《セミナリヨ》、京都に教会（南蛮寺）を設立。信長死後、迫害をうけ、兵庫県室津に逃がれ、長崎で死去。

*アビト（法衣） habito（ポルトガル語）。カトリックの教職が着る丈が長くゆったりした僧服のこと。
*橄欖《かんらん》 ここではオリーブのこと。モクセイ科の常緑小高木。
*月桂 月桂樹のこと。南欧原産のクスノキ科の常緑高木。実際は明治中期に渡来した。
*羅馬の大本山 ローマのSan Pietro寺院のこと。ローマカトリック教の本山。
*リスボア Lisboa（ポルトガル語）。リスボン。
*巴旦杏 地中海原産といわれるバラ科の果樹。果実の仁の甘い品種はアーモンド、アメンドウとも。

一〇一

*沙室 現在のタイ。

一〇二

*降魔 悪魔を降伏させること。
*内陣 神社の本殿や寺院の本堂の意だが、ここでは教会の礼拝堂のこと。
*フレスコ fresco（イタリア語）。壁にしっくいを塗り、その上に水彩絵具で描いた壁画。
*サン・ミグエル San Miguel。ヘブライ神話の大天使。イスラエルの守護者。ミカエルともいう。
*モオゼ Moses。前十三世紀頃のイスラエルの宗教的指導者、預言者。「旧約聖書」の「出エジプト記」には、エジプトで奴隷であったヘブライ人を率いて約束の地カナンへ導いたことが描かれる。伝説ではモーゼはカナンに入る前にヨルダン川の東で死んだと

される。彼の生涯はしばしば宗教画の画題とされた。
*金雀花《えにしだ》　ラテン語のゲニスタ (genista) が転訛したスペイン語のイニエスタ (hiniesta) による名。南欧原産のマメ科の落葉低木。

一〇三　*冥冥の中に　知らず知らずの間に。
*紅海の底に……なりました。「旧約聖書」の「出エジプト記」第十四章に記されている。
*古の予言者　モーゼのこと。

一〇四　*倉皇と　あわただしく。
*万力　小さい工作物を固定させる工具。オルガンティノの時代には存在しない。
*榾火《ほたび》　ほた(木の切れ端)をたく火。焚き火。

一〇五　* Bacchanalia　(ラテン語)。酒の神バッカスの祭り。転じて大酒宴のこと。ここでは古事記などの天の岩戸伝説の情景が、オルガンティノの前に現れてきたこと。

一〇七　*万道の霞光　四方へ満ち溢れる光。
*澎湃《ほうはい》と　みなぎりあふれること。
*大日孁《おおひるめ》貴《むち》　天照大神の別名。原始的名称と考えられる。日本神話中の最高神で、太陽神と皇祖神の二つの性格をもつ。

一〇八　*三更　午後十一時から午前一時頃。子《ね》の刻に当たる。

一〇九　*翼のある天使たちが……降って来た　「旧約聖書」の「創世記」第六章二節にある記事。
*アントニオ上人　St. Antonius (251頃～356)。エジプト人で修道院制度の創始者。財

産を捨て荒野に住み、野獣の姿を借りて現われる悪魔の様々な誘惑と闘う貞潔な生き方によって、多くの弟子を集めた。これらの弟子たちを組織し、一つの戒律のもとで生活する共同体を創設した。

一一一　*天主教　オルガンティノの時代にこの呼称はない。

*孔子　(前550〜479)。中国春秋時代の思想家。儒学の祖。

*孟子　(前371頃〜289頃)。中国戦国時代の思想家。

*荘子　(生没年不明)。中国戦国時代の道教の哲学者。老荘思想の源泉の一人。

*呉　中国春秋時代(前770〜403)末期に強大となった国。夫差の時、越に滅ぼされた。日本の弥生前期末(前三世紀頃)の福岡県有田遺跡からは平絹が付着した銅戈《どうか》が出土した。

*秦　中国最初の統一王朝(前221〜207)。咸陽《かんよう》を都とし戦国の七雄の一つとなり、始皇帝の時六国を滅ぼして天下を統一。思想統制を実行し、万里の長城を築き、南北に外征した。弥生時代前期(前四〜三世紀)、日本は中国から良質なヒスイを輸入し玉作《たまづくり》に励み、古墳時代(三世紀後半〜八世紀)は玉の全盛期だった。

一一二　*七夕の歌　『万葉集』巻一〇・秋雑歌に人麻呂歌集からとして、七夕の歌が三十八首みえる。

*牽牛織女　牽牛は鷲座《わしざ》の主星アルタイルの漢名。織女は琴座の主星ベガの漢名。天の川の両岸にある二星が年に一度出会うという。陰暦七月七日の夜、二星を祭る祭事を、乞《きっ》

巧奠《こうでん》といい、中国の風習が伝わって、日本でも行われた。
*彦星と棚機津女《たなばたつめ》　牽牛星、織女星の日本での呼称。「たなばたつめ」はもともと日本の神であり、それが、裁縫、書道など技芸の上達を祈る女の祭でもある乞巧奠の風習と習合して、七夕祭りの風習になったと考えられている。
*空海　(774～835)。真言宗の開祖弘法大師。八〇四年唐に渡り、八〇六年、密教の図像・経典を持って帰国した。嵯峨天皇・橘逸勢《たちばなのはやなり》とともに平安初期に「三筆」の一人に数えられ、晋・唐の書法に学んだ優れた書を残した。
*道風　小野道風　(894～966)。平安中期の書家。書道で和様（日本的様式）の基礎を築いた。「野蹟《やせき》」と呼ばれ「三蹟」の一人に数えられた。
*佐理　藤原佐理　(944～998)。平安中期の公卿。書家として有名で、その筆跡を「佐蹟」といい、「三蹟」の一人。
*行成　藤原行成　(972～1027)。平安中期の公卿。書道に優れ、その筆跡を「権蹟《ごんせき》」といい、世尊寺流書道の祖と仰がれた。「三蹟」の一人。「三筆」の唐様に対して「三蹟」によって和様の書が確立された。
*王羲之　(307頃～365頃)。中国東晋の書家。楷・行・草の各書体を完成させ書聖といわれた。奈良時代にその書が伝わり、平安時代の上代様《じょうだいよう》（藤原時代の洗練完成された純日本風の書法。江戸中期頃から言われる）の成立に多大な影響を与えた。
*褚遂良　(596～658)。初唐の書家。王羲之の書風をつぎ、楷書・隷書《れいしょ》を能くした。

一一三 *老儒の道　老子・荘子の道教と孔子の儒教。
*科戸《しなど》の神　「級長戸辺神《しなとべのかみ》」の略。記紀神話で風をつかさどる神。級長津彦神《しなつひこのかみ》・竜田彦神《たつたひこのかみ》とも言う。
*悉達多　Siddhartha（サンスクリット）。釈迦の出家以前の名。
*仏陀　Buddha（サンスクリット）。仏。
*本地垂跡　わが国の神は本地である仏や菩薩が衆生救済のために姿を変えてあらわれたものだとする神仏同体説。
*大日如来　宇宙と一体と考えられる汎神論《はんしんろん》的な密教の教主。
*親鸞　（1173〜1262）。鎌倉時代初期の僧。浄土真宗の開祖。
*日蓮　（1222〜82）。鎌倉時代中期の僧。日蓮宗の開祖。
*沙羅双樹　釈迦が涅槃《ねはん》に入った臥床《がしょう》の四方に二本ずつあった沙羅の木。
一一四 *上宮太子　聖徳太子（574〜622）。仏教興隆に尽力した。
*パン　Pan。ギリシャ神話の牧畜の神。音楽・舞踊を好む。牧羊神。
一一五 *西国の大名の子たち　天正遣欧使節のことか。天正遣欧使節は、一五八二年（天正十）、九州のキリシタン大名大友・有馬・大村の三氏がローマ教皇およびスペイン国王のもとに派遣した少年の使節団。九〇年に帰国。しかし彼らは正確には「大名の子」ではない。また、帰国時にはすでにキリスト教は迫害されており、オルガンティノの京都滞在時期より後になる。

＊百合若　ホメロスの長編叙事詩『オデュッセイヤ』が日本に伝わり日本的説話となった「百合若説経」の主人公。夷狄《いてき》または鬼を退治するが無人島に置去りにされる伝説の英雄。その名は、原話の主人公オデュッセウスのラテン名ユリシーズによる。

一一六　＊アヴェ・マリア　Ave Maria。カトリック教会の祈禱文の一つ。聖母マリアの讃歌。天使祝詞。アヴェは讃えるの意。

＊南蛮船入津《にゅうしん》の図　入津は入港。西洋画の影響をうけた南蛮画が描かれた南蛮屛風の一つ。作中人物が屛風の中へ戻っていくという手法は、小泉八雲の「果心居士の話」（The Story of Kwashin Koji, A Japanese Miscellany 1st, 1905）にその種本があるといわれている（中野記偉「芥川龍之介『神神の微笑』解釈への試み―比較文学的一考察」上智大学『英文学と英語学』22、一九八六年三月）。

一一七　＊甲比丹　Capitão（ポルトガル語）。南蛮船の船長、隊長の意。

＊黒船　元来は室町末期から江戸末期にかけて欧米諸国から来航した艦船の呼称。ここでの「我我の黒船」という表現には、幕末のペリーの黒船来日によって、現在につながる日本の近代が始まったことの意が含まれている。

＊石火矢　江戸初期の、西洋伝来の大砲の呼称。

＊ウルガン伴天連　オルガンティノの当時の日本での通称。ウルガンはオルガンティノが転じたもの。

報恩記

一二〇　*聚楽の御殿　聚楽第《じゅらくてい》。豊臣秀吉が京都に建築した城郭形式の邸宅。天正十四年（一五八六）春に着工し、翌年秋に完成した。
*呂宋助左衛門　納屋《なや》助左衛門。織豊期の堺の豪商。ルソン貿易で富を得、呂宋助左衛門と呼ばれた。文禄三年（一五九四）にルソンから帰国の際、豊臣秀吉に多くの品を献上したが、のち秀吉に罰せられ没落した。
*利休居士　千利休（1522〜91）。織田信長、豊臣秀吉に仕えた茶人。千家流茶道の祖。秀吉の側近だったが、のち秀吉の怒りにふれ自刃した。
*阿媽港日記　芥川の虚構の書物と思われる。
*大村あたり　当時の大村氏の城下町。現在の長崎県大村市の近辺。

一二一　*妙国寺　現在の大阪府堺市にある日蓮宗の寺。
*「さん・ふらんしすこ」の御寺　京都に建てられたフランシスコ会の教会堂の意味。
*初更　現在の午後八時。
*摩利伽　マラッカ（Malacca）。マレーシア、マライ半島西岸の港町。

一二二　*小川通り　京都市烏丸通の西の小路。
*角倉　角倉了以《りょうい》（1554〜1614）。織豊期・江戸初期の大貿易商。
*分限者　財産家。

一二三　＊究理の学問　物理学のこと。大学南校では明治十年（一八七七）まで物理学を究理学と呼んだが、明治半ばに「物理学」の名称が一般化した。

＊十字架や鉄砲の渡来　キリスト教は天文十八年（一五四九）のフランシスコ・ザビエルの渡来、鉄砲は天文十二年（一五四三）のポルトガル人の種子島渡来に始まる。

一二四　＊「凩の茶」　凩の吹く夜に、しみじみと茶を楽しむ風流事。

＊笄髷　髪を束ねて巻きあげ笄（髪飾り）でとめる髪型。

一二六　＊抛げ銀　近世初期、日本の豪商がポルトガル人・中国人・朱印船貿易家に貸し付けた資金。非常に高利だったが、船が難破した場合、借手は返済義務がなかったので、貸主の損害となった。北条屋は自分の船北条丸が沈んだ上に、抛げ銀を貸した船も沈み、破産に追いこまれた。

一二八　＊南蛮頭巾　南蛮人がかぶっていたフェルト製の帽子。天正年間（一五七三〜九二）に京都で流行した。

＊大十字架の星　南十字星。

一二九　＊根来寺　和歌山県那賀郡にある新義真言宗の総本山。

＊殺生関白　豊臣秀次（1568〜95）のこと。秀吉の甥で、秀吉の長男鶴松の死後その養子となり関白職を継いだが、秀吉の次男秀頼の誕生後、謀《む》反《ほん》の理由で切腹を命じられた。「殺生関白」の名の由来は、「院御所崩御、七日も未レ過に、鹿狩などの御遊、以外《もつてのほか》其職に違へり。（略）殺生禁断なる叡山《えいざん》へをし入、鹿かりそのさまはゞかる所もおはしま

さゞれば、鉄砲の音など夥し。其比《そのころ》洛中の辻々に、落書夜々に有し。院の御所手向《たむけ》のためのかりなればこれをせつしやう関白といふ。」（小瀬甫庵『太閤記』巻十七）という記事による。

一三〇 *一条戻り橋　京都一条大路にかかる堀川の橋。古くから都の境界と考えられ、渡辺綱が鬼女の腕を切り落とすなど、多くの伝説の舞台となる。この橋のほとりは罪人をさらす場所だった。

*「ふすた」船　fusta（ポルトガル語）。江戸時代、朱印船の免状を得て南洋方面と貿易した小型の帆船。

一三五 *瘧《おこり》　マラリアの古い言い方。

一三六 *しけじけ　しげしげ。

一四〇 *沙室屋　当時の大貿易商の一人だった岡地勘兵衛。

*備前宰相　宇喜多秀家（1572〜1655）。戦国大名。豊臣秀吉の信任を得て備前・美作《みまさか》など五十七万石を領有し、備前中納言となるが、関ヶ原の戦いに敗れ、八丈島に流され、そこで死去した。

一四一 *甲比丹「ぺれいら」　ポルトガルの商船隊長ペレイラ。

一四三 *「えそぽ」の話　紀元前六世紀のギリシャ人アイソポス（Aisōpos 英語名イソップ Aesop）の寓話集『イソップ物語』のこと。日本では、文禄二年（一五九三）、九州天草のイエズス会からローマ字書き口語体の翻訳『ESOPONO FABVLAS』（『エソホのファブラス』）がキリシタン版として出版された。また万治二年（一六五九）には、絵入りの整版本が『伊曾保物語』として刊行され、広く読まれた。弥三郎が挙げたのは「獅子と、鼠の事」という一編。獅子王に命を救われた鼠が、罠にかかった獅子を助けて恩を返す。

一四四　＊柳町の廓　京都伏見にあった遊廓。

＊吐血の病　肺結核。

おぎん

一五〇　＊元和か、寛永か　元和（一六一五～二四）も寛永（一六二四～四四）も江戸時代初期の年号。キリスト教徒弾圧の激しかった時代。例えば、元和五年には、キリシタン六十人余が京都七条河原で火刑、同八年、長崎でキリシタン五十五人処刑、同九年キリシタン原主水《はらもんど》以下五十人江戸芝で火刑、寛永元年、秋田でキリシタン三十三人処刑、同六年、幕府が踏絵の制を定め、同十四年、島原の乱が起きるなどの迫害があった。

＊「万事にかない給うおん主」　絶対神ゼウス。天主。

＊さん・じょあん・ばちすた　San Joan Bautista。バプテスマ（洗礼者）の聖ヨハネ。神の国（メシア王国）の到来を予言し、ヨルダン川で、キリスト始め多くの人に洗礼を施した。

＊浦上　現在の長崎市北部の地名。隠れキリシタンの潜伏地として有名。

一五一
*ジェスウィット　Jesuits。イエズス会と同じ。一五三四年、イグナティウス・デ・ロヨラ、フランシスコ・ザビエルら七人で設立し、一五四〇年、ローマ教皇パウルス三世から承認を受けた修道会。ここでは、このジェスウィット会に属する一修道士の意味で、次項のジァン・クラッセを指す。
*ジァン・クラッセ　Jean Crasset（1618〜92）。フランスのジェスウィット会修道士。ここで芥川が述べているのは、彼の大著『日本教会史』（一六八九）を明治十一年（一八七八）明治政府の太政官本局が訳した『日本西教史』上下二巻の冒頭の一節。「再び説くべき釈迦の悪人たるは固《もと》より疑を容《い》れざる所にして、抑々《そもそも》己の母を殺害したるを以て釈迦の初犯の罪とし、悪行の大なるものとす。」などとある。
*ばぷちずも　Baptismo（ポルトガル語）。洗礼。
*獅子吼　仏の説法。獅子が吼えて百獣を従わせる威力にたとえていう。
*「深く御柔軟……さんた・まりあ様」「さるべれじな」（注解二一〇頁参照）の一節。ここでの表現は慶長五年（一六〇〇）、長崎で刊行されたキリシタン版の国字本『どちりな　きりしたん』の「ふかき御にうなん（柔軟）ふかき御あいれん（愛憐）、すぐれてあま（甘）くましますビルゼンマリヤかな」（第五サルベレジナの事）による。

一五二
*ぜすす　Jesus（ラテン語）。イエス。
*御紏明の喇叭　注解一九九頁参照。
*天狗　注解二〇三頁参照。

*さがらめんと　Sacramento（ポルトガル語）。サカラメント。聖典。秘蹟。
*えわ　Eva。エバ。アダムの肋骨《ろっこつ》から造られた最初の女性イブのこと。知恵の木の実を食べ、エデンの園から追放される。
*あんめい　Amen。キリスト教で祈りの最後にとなえるアーメンの発音がなまったもの。
一五三　*なたら　Natal。ポルトガル語で誕生の意味。クリスマス。
*べれん　Belem（ポルトガル語）。キリストの故郷ベツレヘムのこと。
一五四　*大天使がぶりえる　San Gabriel。ガブリエルは、ヘブライ語で「神の人」の意味。マリアにイエスの受胎告知のために遣わされた天使。
*一角獣　額に一本の角を持つ想像上の獣。ユニコーン。

おしの

一六二　*硝子画　ステンド・グラス。
*ゴティック風　Gothic。十二世紀半ばに中世ヨーロッパに起こった芸術様式。この様式の建築は寺院に多く、細い垂直な柱と高く聳《そび》える尖塔を特色とする。
*レクトリウム　Lectorilium（ラテン語）。聖書台。書見台。

ゴティック風

＊龕《がん》　マリア像、キリスト像などを安置する堂の形をした両扉の容器。

＊「あびと」　注解二一三頁参照。

＊「こんたつ」　注解一九七頁参照。

＊帷子《かたびら》　生糸や麻で織ったひとえの着物。

一六三　＊聖水盤　洗礼に使う水を入れた盤。

＊磔仏　十字架に架けられたキリストの像。

一六五　＊カテキスタ　catechist（ラテン語・ポルトガル語）。キリスト教の宣教師。

＊フヮビアン　注解二〇一頁参照。

＊「すぐれて……天上の妃」　天上の妃は聖母マリアのこと。注解二一一、二二三頁参照。

一六六　＊ジュデア　Judia（ポルトガル語）。ユダヤ人の女性。

＊ベレン　注解二一四頁参照。

＊ジェズス・キリストス　Jedus Christus（ポルトガル語）。イエス・キリスト。

一六七　＊御受胎を告げに来た天使　大天使ガブリエル。「新約聖書」の「ルカの福音書」第一章に記されている。

＊廏の中の御降誕　「ルカの福音書」第二章に記されている。

＊乳香　カンラン科の乳香という木の黄色透明の樹脂。薫香料。

＊没薬　カンラン科の灌木《かんぼく》の樹脂からつくる医薬品。独特の臭気と苦味がある。

＊東方の博士　「新約聖書」の「マタイの福音書」第二章に記されている。

＊メシア　Messias。救世主。キリストのこと。
＊ヘロデ王　Herodes（前74〜4）。ユダヤ王。王国の経済力を高め、都市を建設し、農業計画を促進した有能な為政者だったが、重税を課し縁者を殺す冷酷で残忍な行動によって国を滅ぼした。「マタイの福音書」第二章に、ヘロデがキリストの誕生を恐れて国中の幼子を殺したことが記されている。
＊山上の教え　イエスがガリラヤ湖畔の山上で語った教訓。「マタイの福音書」第五〜七章に記されている。

一六八

＊水を葡萄酒に……　「ヨハネの福音書」第二章に記されている。
＊盲人の眼を……　「マタイの福音書」第九章、「マルコの福音書」第八章、「ヨハネの福音書」第九章にある。
＊マグダラのマリヤ　イエスが受難の際、イエスに従った聖女の一人で、復活したイエスを最初に見た女性。イエスの足に香油を塗った罪深い娼婦《しょうふ》も、よくマグダラのマリアと混同視される。キリストが彼女の七つの悪鬼を逐ったことは、「ルカの福音書」第八章二節に記されている。
＊ラザル　Lazarus（ヘブライ語エレアザルのギリシャ音訳〈神は助けられた〉という意味）。病死後四日目にイエスによって蘇ったことは「ヨハネの福音書」第十一章に記されている。
＊水の上を……　「マタイの福音書」第十四章二十五節、「ヨハネの福音書」第六章十九

節に記されている。

＊驢馬の背に……　「マタイの福音書」第二十一章、「マルコの福音書」第十一章に記されている。

＊最後の夕餉　イエスが最期の近いことを予知して、十二使徒と開いた最後の晩餐《ばんさん》。「マタイの福音書」第二十六章、「マルコの福音書」第十六章、「ルカの福音書」第二十二章、「ヨハネの福音書」第十三～十七章に記されている。

＊橄欖の園のおん祈り　最後の夕餉後、十二使徒とともにオリーブ山に登り、彼らと別れて一人で行なった、イエスの最後の祈り。

＊エリ、エリ、ラマサバクタニ　"Eri, Eri, Lama Sabacthani"（ヘブライ語とアラメイック語の混合）。「マタイの福音書」第二十七章四十六節、「マルコの福音書」第十五章三十四節などにある。

一六九

＊佐佐木家　佐佐木義賢（1521～98）。中世の近江の武将。六角と称す。観音寺城（現滋賀県蒲生郡安土町）城主。元亀元年（一五七〇）に、織田信長に降伏する。

＊長光寺の城攻め　元亀元年、佐佐木義賢は、長光寺（現滋賀県近江八幡市長光寺町）の城を守る柴田勝家を攻撃した。この時柴田勝家は、城内の最後の飲料水のかめを割る程の覚悟で応戦し、佐佐木に勝利したといわれる。

＊若衆　男色の相手の少年。

＊織田殿　織田信長。

＊柴田　柴田勝家。
＊かごとがましい　泣き言めいた。

糸女覚え書

一七一　＊糸女　秀林院の侍女として設定された仮構の人物。この作品の典拠は徳富蘇峰『近世日本国民史』の「家康時代上巻」（民友社、大正十二年一月一日刊）の中で紹介されている「霜女覚書」「藩譜採要」「日本西教史」。秀林院の侍女入江霜の「霜女覚書」（正保五年二月十九日の日付）を中心として、芥川はこれらの諸文書を巧みに構成し、貞女秀林院に皮肉な解釈を加えた。

一七二　＊秀林院様　細川ガラシャ（1563〜1600）。本名玉。天正十五年（一五八七）に洗礼して、ガラシャとなのる。明智光秀の二女。天正十年、本能寺の変で、細川忠興に離縁され幽閉生活を送るが、同十二年に豊臣秀吉に許され復縁した。関ヶ原の戦いの際、石田三成に大阪城の人質を命じられて拒み、忠興の命で斬られた。
＊細川越中守忠興（1563〜1645）。織田信長、豊臣秀吉、徳川家康の三氏に仕えた武将。丹後宮津城主だったが、関ヶ原の戦いの功によって小倉領主となる。幽斎の子。号は三斎。和歌・絵画に通じる趣味人で、茶道は千利休門下七哲の一人だった。
＊法諡《ほうし》　戒名。
＊石田治部少の乱　慶長五年（一六〇〇）に石田三成（1560〜1600）が徳川家康に敗れた

関ヶ原の戦いのこと。三成は、治部少輔《じぶのしょう》と称した。
*南蛮渡り　西洋渡来の品。
*斜めならず　一通りでなく。
*御什器　日常に使う家具や道具。
*少しもお優しきところ無之　芥川には、貞女の評判の破壊を主題とする「袈裟と盛遠」（大正七）「一塊の土」（大正十三）など一連の作品がある。
*横文字の本を読まぬ　「日本西教史」に秀林院は「欧州人と異なることなく、拉丁《ラテン》、或は葡萄牙《ポルトガル》の国語を書することが出来た」と書かれている。

一七三
*城内　大阪城内。
*きけ者　はばのきく者。
*「おらつしよ」　oratio（ラテン語）。祈禱。

一七四
*「のす、のす」　noster（ラテン語）。われらの。「われらの御母（聖母マリア）」など、カトリックの祈禱の中にしばしば出てくる語。

*「えそぽ物語」　芥川は、注解二二一頁に挙げた「エソホのファブラス」を新村出が『文禄旧訳伊曾保物語』と題して編集したもの（注解二〇六頁参照）を見ていたと思われる。

*孔雀の話　「尾長鳥と、孔雀の事」という話に「人民を司る者は色身の美麗なばかりでは済まぬ」「賢才に因るぞ」という一節がある。

*浮田中納言　浮田（宇喜多とも）秀家。注解二二一頁参照。

*黒田家　当時の当主は、黒田長政（1568～1623）。豊臣秀吉に仕えて歴戦したが、石田三成と不仲のため、関ヶ原の戦いには家康に味方し、その戦功により、筑前を与えられ福岡城主となった。

一七五　*霜と申す女房　作品の粉本である「霜女覚書」の筆者を女房の一人として登場させている。

*東へお立ちなされ候　徳川家康に従って東征していること。

*お留守居役　江戸屋敷を守る者。

*わやく人　腕白者、無法者。

一七六　*お落し申し　ひそかにお逃がせ申し。

一七八　*橘姫　弟橘姫《おとたちばなひめ》。「古事記」「日本書紀」に倭建命《やまとたけるのみこと》の妃として登場。命の東征の時、海神の怒りをなだめるため入水して果てた。

*大凶時　夕方。逢魔《おうま》が時。

一七九　*おぢやらう　あり、居りの敬語。ございましょう。おいででしょう。

*稲富伊賀　稲富直永、祐直（1552～1611）。号は一夢。細川、徳川に仕えた砲術家。稲富流砲術の始祖。

*巳の刻　午前十時。

一八一　*「あるかんじよ」　arcanjo（ポルトガル語）。

*悪趣　悪事の報いとして、死後にうける苦しみ。

一八二　*亥の刻　午後十時。
*山崎の合戦　天正十年（一五八二）本能寺の変を知り中国地方の毛利輝元との戦いから引き返した豊臣秀吉が、山城国山崎で明智光秀を破った戦い。
*惟任《これとう》将軍光秀　明智光秀（1528〜82）。惟任日向守と称した。
*お次　次の間。
*御先途　ご最期。
一八三　*逆心　謀反を起こすこと。

神田由美子

初出年月、発表機関

煙草と悪魔（『煙草』の改題）　大正五年（一九一六）一一月　『新思潮』
さまよえる猶太人　大正六年六月　『新潮』
奉教人の死　大正七年九月　『三田文学』
るしへる　大正七年一一月　『雄弁』
きりしとほろ上人伝　大正八年三月、五月　『新小説』
黒衣聖母　大正九年五月　『文章倶楽部』
神神の微笑　大正一一年一月　『新小説』
報恩記　大正一一年四月　『中央公論』
おぎん　大正一一年九月　『中央公論』
おしの　大正一二年四月　『中央公論』
糸女覚え書　大正一三年一月　『中央公論』

解説

小川国夫

《煙草《たばこ》と悪魔》を読んでいますと、煙草をくわえた芥川の写真が目に浮かびます。彼はだれにもましてその誘惑と害毒を知っていて、これを悪魔のお土産と考えたのでしょう。そう考えるなら、悪魔が日本に来ない限り、煙草も日本にはなかったことになりますが、一五四九年、煙草の種子を耳の孔《あな》に入れて、フランシス上人《しょうにん》と一緒に船に乗り、悪魔が日本へ来てしまったと言うのです。やがてどのようにして、このプレントを日本の牛商人《うしあきんど》に渡したかを物語ります。そして、日本人は悪魔は追放してしまったけれど、煙草だけは定着させてしまったと話をしめくくるのです。この短篇の結末はおかしくもあり、すっきりしています。しかし勿論《もちろん》、問題はこれで終ったわけではありません。作者は何回も彼の悪魔学に立ちもどります。芥川の切支丹《キリシタン》物の主人公は、他ならぬ悪魔だと言えるでしょう。

《さまよえる猶太人《ユダヤびと》》もまた悪魔の指に背中を押されているかのようです。イエス・

キリストが〈言っておこう。ここにいる人のなかに、私が再び来るのを見るまでは、死なない者がいる〉（マタイ福音書十六章二十八節）と言っているのは、その人は〈死ぬことができない〉という含みなのでしょうか。そうだとすると、薄気味悪い声になります。さまよえる猶太人は、それが自分に向けられた声だと思ったのです。〈御主《おんあるじ》を辱《はずかし》めた罪を知っているものは、それがしひとりでござろう。罪を知ればこそ、呪もかかったのでござる。罪を罪とも思わぬものに、天の罰が下ろうようはござらぬ。云わば、御主を磔柱《はりき》にかけた罪は、それがしひとりが負うたようなものでござる〉。だから彼は永遠につぐない続ける者となったのでしょう。

《奉教人の死》は古い物語そのものの復活です。この篇は《羅生門》や《鼻》とは違います。これら前作は、古い物語に芥川自身の解釈を加えてありますが、哀れで凄絶《せいぜつ》なこの作は、筋も語り口もひたすら古体を目ざしているだけなのです。その結果生まれるのは、古文書《こもんじょ》の存在感です。私たちはしばしば、芥川の古文書を創作する腕前に感心するのですが、これはその一例です。あえて芥川流の特徴をあげるなら極彩色をもってする嗜虐《しぎゃく》趣味ですが、それも含めて、破綻《はたん》なくキメてみせます。そして、更に周到に、出典までくわしく説明して、どこまでがこしらえごとで、どこまでが本当なのか見分けがつかないようにしてあります。

《るしへる》もまた、創作された古文です。《奉教人の死》は桃山時代の京阪地方の談話体といわれますが、この篇は、学僧の文章を思わせる漢文調で書かれています。言うまでもなく、これを述べる巴毗弇《はびあん》がキリスト教に精通した禅僧であるからです。この禅僧はかつて京都の南蛮寺にいたころ、その庭で悪魔と出会い、対話したことがあったと言うのです。その時悪魔が言うには、あなたがたが善の崖《がけ》っぷちにいて、悪の魅惑に吸いこまれそうになっているのに似て、悪魔である自分はいつも悪の崖っぷちにいて、善の魅惑に吸いこまれそうになっている、奴《やつ》らは悪一点張りだ、などと誤解しないでほしい、という趣旨です。言うまでもなく、作者芥川が悪魔の口を借りて、自分の悪魔観を言わせたのです。歯切れよい宣言のような口ぶりですが、しかし、そう断言しただけで済むことではありません。やがて彼は《歯車》のなかで、みずから、実在に似たこのイメージと出逢《であ》わなければならなくなります。そして、苦しみつつも、どこまでも知力に賭《か》け、聖書の検討に入るのですが……。

《きりしとほろ上人伝》も桃山時代の談話調で書かれています。労働や旅行の難儀に力を貸してくれるので、ヨーロッパではとても人気のある聖者が、芥川の文章によって、われわれにもなつかしい人になります。このように、遠い人が一気に近づいてくるのは、語り口のせいだ、とわからせてくれるのが、この一篇です。たとえば、われわれが能の狂言を愛好するのは、何よりもその言葉づかいのおもしろみのせいなのですが、芥川もまたこのことを格段に意識していました。漱石が寄席《よせ》に通ったのも思い合わされます。漱石の目ざしたのは同時代の小説です。芥川のそれは、この場合、昔話です。いずれにしろ、西欧の文学にもくわしいこの二作家が、在来の談話の中に自分の文体を探していたのです。二葉亭四迷も同じです。

《黒衣聖母》では、ある事業家が母から聞いたことがある、彼女の少女時代の思い出を語っています。黒船が浦賀に来たころ、彼女は七十を越した祖母と茂作という八つの弟と三人だけで暮らしていましたが、弟が重い痲疹《はしか》にかかり、その看護に疲れきって死んだ祖母のあとを追ってしまったと言うのです。しかも、自分をついに一人ぼっちにしてしまったのは、黒衣の麻利耶《マリヤ》観音だったと言うのです。このように因縁《いんねん》づけるのは非条理としか言えませんが、作者は祖母の祈りに原因があったのではないか、と言いたげです。〈何卒《なにとぞ》私が目をつぶりますまでてよろしゅうございますから、死の天使《アンジョ》の御剣《おんつるぎ》が茂作の体に触れませんよう、御慈悲を御垂れ下さいまし〉とこの祖母は祈ってしまった、すると、麻利耶観音が微笑したように見えた、と言うのです。甘美な聖母マリアは、実は意地悪だったとでも言うのでしょうか。

《神神の微笑》には、作者の日本文化論が展開されている観がありますこの篇でもまた、オルガンティノ神父が、南蛮寺の庭を散歩していて、日本の霊に出会います。頸《くび》に玉を巻いた老人の姿をしていたと言うのです。彼の言わんとするところは、ギリシャの英雄ユリシーズが百合若《ゆりわか》となって日本人になってしまったように、ひょっとすると、神《デウス》も日本人に変ってしまうかもしれない、なぜなら、われわれ日本の霊は神《デウス》をとり囲み、とりこめてしまうだろうから、気をつけたほうがよろしい、ということです。

そして作者はさらにつけ加えます。われわれはこの問題に決着をつけるだろう。だからオルガンティノ神父よ、〈君はその過去の海辺から、静かに我我を見てい給え。たとい君は同じ屏風《びょうぶ》の、犬を曳《ひ》いた甲比丹《カピタン》や、日傘《ひがさ》をさしかけた黒ん坊の子供と、忘却の眠《ねむり》に沈んでいても、新たに水平へ現れた、我我の黒船の石火矢《いしびや》の音は、必《かならず》古めかしい君等の夢を破る時があるに違いない。それまでは、――さようなら。パアドレ・オルガンティノ！　さようなら〉

作者は南蛮屏風を眺めながら書いているのでしょう。

《報恩記》は大盗賊阿媽《あま》港甚内《かわじんない》に感謝する商人と、甚内を慕うその息子の話です。そして結局は、その息子がみずから甚内の身がわりになって逮捕され、さらし首になるのですが、それができたというのも、甚内は百面相の黒い風のような存在で、本当の顔を見知るものは世間にいなかったからです。人々は別人の首を甚内として眺め、一件落着と思ったのです。商人の息子を知る者はいても、大盗賊甚内はあいつだったのか、と驚くばかりで、疑う根拠はなかったのです。ところが、ここに例外が一人だけいました。それは処刑された息子の父親でした。この商人だけが甚内と親交があって、その素顔を忘れることなどできなかったからです。息子と混同することなど、たとえしたくても、できませんでした。この物語は、三つの部分から成ります。第一話は、甚内のうち明け話です。彼はさん・ふらんしすこの御寺へ、死者のためにミサを願いに来たのですから、神父にある程度内情を話さないわけにはいかなかったからです。第二話は、父商人が教会でする告白です。そして第三話は息子が、自分はなぜこのことを思い立ったか、身がわりの死の、魂を奪う魅惑について語ります。結核の自分を待っているうらぶれた死を、輝かしく変貌《へんぼう》させることができる、と彼は考えるのです。《おぎん》、すぐそばに迫っている死に対して、人の気持はどう動くものなのか。書きながら見きわめたいと思った作家は多勢います。芥川は特にこの関心が強くて、何回も試みています。この短篇はその一例で、ある答えを出しています。〈わたしはおん教《おしえ》を捨てました。その訣《わけ》はふと向うに見える、天蓋のような松の梢《こずえ》に、気のついたせいでございます。あの墓原の松のかげに、眠っていらっしゃる御両親は、天主のおん教も御存知なし、きっと今頃はいんへるのに、お堕《お》ちになっていらっしゃいましょう。それを今わたし一人、はらいその門にはいったのでは、どうしても申し訣がありません。わたしはやはり地獄の底へ、御両親の跡を追って参りましょう〉。人々はこのように、イエス・キリストも称讃《しょうさん》した愛のゆえに、かえって地獄を選ぶこともある、と芥川は言うのです。しかし、彼自身は、やがて迫りくる死に直面した時、肉親愛についてはほとんど書いていません。かえって二千年の昔、聖書は、しばしばこの問題を採りあげていますが……。

《おしの》では〈わが神、わが神、何ぞ我を棄《す》てたまいしや〉という十字架上のイエスの言葉が問題になっています。このような弱いイエスの様子に、ある人は失望し、ある人は親近感を抱きますが、この短篇には、無頼で向う見ずな浪人の細君が登場して、このようなイエスを知り、意気地なし、期待はずれだったと、涙を流さんばかりにくやしがったと言うのです。〈首取りの半兵衛〉と言われた、今は亡《な》き夫を誇りに思っていたのです。病気の息子を助けてもらえそうだと期待したのも、宣教師の医学知識を伝え聞いたからです。前作といいこの作といい、芥川は歴史を考えて、周到にリアリズムに徹しようとしています。

《糸女覚え書》では、リアリズム志向がさらに進み、細川ガラシャ夫人に関する実録の形を採っています。細かな記事も、背景にある深刻な事件を暗示するように工夫されていて、さすがですが、そこへ作者自身の辛辣《しんらつ》な人間観を織りこもうとした部分が、しっくり融《と》けあっていないうらみが残ります。結果として、語り手糸女自身のリアリティが充分に感じられないのです。それはともあれ、切支丹物の《おぎん》で始った書きかたが、この篇まで来ると、人の最後の視界とでもいうべき、骨を刺すリアリズムに急展開してゆくための、先駆的作品の一つとして感じられます。

（平成十二年九月、作家）

表記について

新潮文庫の文字表記については、原文を尊重するという見地に立ち、次のように方針を定めました。

一、旧仮名づかいで書かれた口語文の作品は、新仮名づかいに改める。
二、文語文の作品は旧仮名づかいのままとする。
三、旧字体で書かれているものは、原則として新字体に改める。
四、難読と思われる語には振仮名をつける。

なお本作品集中には、今日の観点からみると差別的表現ととられかねない箇所が散見しますが、著者自身に差別的意図はなく、作品自体のもつ文学性ならびに芸術性、また著者がすでに故人であるという事情を鑑《かんが》み、原文どおりとしました。

（新潮文庫編集部）

芥川龍之介著

羅生門・鼻

王朝の説話物語にあらわれる人間の心理に、近代的解釈を試みることによって己れのテーマを生かそうとした〝王朝もの〟第一集。

芥川龍之介著

地獄変・偸盗《ちゆうとう》

地獄変の屛風を描くため一人娘を火にかけて芸術の犠牲にし、自らは縊死する異常な天才絵師の物語「地獄変」など〝王朝もの〟第二集。

芥川龍之介著

蜘蛛《くも》の糸・杜子春《とししゆん》

地獄におちた男がやっとつかんだ一条の救いの糸をエゴイズムのために失ってしまう「蜘蛛の糸」、平凡な幸福を讃えた「杜子春」等10編。

芥川龍之介著

戯作三昧・一塊《いつかい》の土

江戸末期に、市井にあって芸術至上主義を貫いた滝沢馬琴に、自己の思想や問題を託した「戯作三昧」、他に「枯野抄」等全13編を収録。

芥川龍之介著

河童・或阿呆《あるあほう》の一生

珍妙な河童社会を通して自身の問題を切実にさらした「河童」、自らの芸術と生涯を凝縮した「或阿呆の一生」等、最晩年の傑作6編。

芥川龍之介著

侏儒《しゆじゆ》の言葉《ことば》・西方《さいほう》の人

著者の厭世的な精神と懐疑の表情を鮮やかに伝える「侏儒の言葉」、芥川文学の総決算ともいえる「西方の人」「続西方の人」など4編。

井上靖著

猟銃・闘牛

芥川賞受賞

ひとりの男の十三年間にわたる不倫の恋を、妻・愛人・愛人の娘の三通の手紙によって浮彫りにした「猟銃」、芥川賞の「闘牛」等、3編。

井上靖著

敦煌（とんこう）

毎日芸術賞受賞

無数の宝典をその砂中に秘した辺境の要衝の町敦煌——西域に惹かれた一人の若者のあとを追いながら、中国の秘史を綴る歴史大作。

井上靖著

あすなろ物語

あすは檜になろうと念願しながら、永遠に檜にはなれない〝あすなろ〟の木に託して、幼年期から壮年までの感受性の劇を謳った長編。

井上靖著

風林火山

知略縦横の軍師として信玄に仕える山本勘助が、秘かに慕う信玄の側室由布姫。風林火山の旗のもと、川中島の合戦は目前に迫る……。

井上靖著

氷壁

前穂高に挑んだ小坂乙彦は、切れるはずのないザイルが切れて墜死した——恋愛と男同士の友情がドラマチックにくり広げられる長編。

井上靖著

天平の甍

芸術選奨受賞

天平の昔、荒れ狂う大海を越えて唐に留学した五人の若い僧——鑒真来朝を中心に歴史の大きなうねりに巻きこまれる人間を描く名作。

池波正太郎著

忍者丹波大介

関ケ原の合戦で徳川方が勝利し時代の波の中で失われていく忍者の世界の信義……一匹狼となり暗躍する丹波大介の凄絶な死闘を描く。

池波正太郎著

男（おとこぶり）振

主君の嗣子に奇病を侮蔑された源太郎は乱暴を働くが、別人の小太郎として生きることを許される。数奇な運命をユーモラスに描く。

池波正太郎著

食卓の情景

鮨をにぎるあるじの眼の輝き、どんどん焼屋に弟子入りしようとした少年時代の想い出など、食べ物に託して人生観を語るエッセイ。

池波正太郎著

闇の狩人（上・下）

記憶喪失の若侍が、仕掛人となって江戸の闇夜に暗躍する。魑魅魍魎とび交う江戸暗黒街に名もない人々の生きざまを描く時代長編。

池波正太郎著

上意討ち

殿様の尻拭いのため敵討ちを命じられ、何度も相手に出会いながら斬ることができない武士の姿を描いた表題作など、十一人の人生。

池波正太郎著

散歩のとき何か食べたくなって

映画の試写を観終えて銀座の〔資生堂〕に寄り、はじめて洋食を口にした四十年前を憶い出す。今、失われつつある店の味を克明に書留める。

江戸川乱歩著

江戸川乱歩傑作選

日本における本格探偵小説の確立者乱歩の処女作「二銭銅貨」をはじめ、その独特の美学によって支えられた初期の代表作9編を収める。

江戸川乱歩著

江戸川乱歩名作選

謎に満ちた探偵作家大江春泥――その影を追いはじめた私は。ミステリ史に名を刻む「陰獣」ほか大乱歩の魔力を体感できる全七編。

江戸川乱歩著

怪人二十面相
―私立探偵 明智小五郎―

時を同じくして生まれた二人の天才、稀代の探偵・明智小五郎と大怪盗「怪人二十面相」。劇的トリックの空中戦、ここに始まる！

江戸川乱歩著

少年探偵団
―私立探偵 明智小五郎―

女児を次々と攫う「黒い魔物」vs.少年探偵団の血沸き肉躍る奇策！ 日本探偵小説史上最高の天才対決を追った傑作シリーズ第二弾。

内田康夫著

黄泉から来た女

即身仏が眠る出羽三山に謎の白骨死体。妄念が繋ぐ天橋立との因縁の糸が。封印されていた秘密を解き明かす、浅見光彦の名推理とは。

内田百閒著

第一阿房列車

「なんにも用事がないけれど、汽車に乗って大阪へ行って来ようと思う」。借金をして一等車に乗った百閒先生と弟子の珍道中。

遠藤周作著

白い人・黄色い人

芥川賞受賞

ナチ拷問に焦点をあて、存在の根源に神を求める意志の必然性を探る「白い人」、神をもたない日本人の精神的悲惨を追う「黄色い人」。

遠藤周作著

海と毒薬

毎日出版文化賞・新潮社文学賞受賞

何が彼らをこのような残虐行為に駆りたてたのか？　終戦時の大学病院の生体解剖事件を小説化し、日本人の罪悪感を追求した問題作。

遠藤周作著

留学

時代を異にして留学した三人の学生が、ヨーロッパ文明の壁に挑みながらも精神的風土の絶対的相違によって挫折してゆく姿を描く。

遠藤周作著

母なるもの

やさしく許す〝母なるもの〟を宗教の中に求める日本人の精神の志向と、作者自身の母性への憧憬とを重ねあわせてつづった作品集。

遠藤周作著

彼の生きかた

吃るため人とうまく接することが出来ず、人間よりも動物を愛し、日本猿の餌づけに一身を捧げる男の純朴でひたむきな生き方を描く。

遠藤周作著

砂の城

過激派集団に入った西も、詐欺漢に身を捧げたトシも真実を求めて生きようとしたのだ。ひたむきに生きた若者たちの青春群像を描く。

大江健三郎著

死者の奢り・飼育

芥川賞受賞

黒人兵と寒村の子供たちとの惨劇を描く「飼育」等6編。豊饒なイメージを駆使して、閉ざされた状況下の生を追究した初期作品集。

大江健三郎著

われらの時代

遍在する自殺の機会に見張られながら生きてゆかざるをえない〝われらの時代〟。若者の性を通して閉塞状況の打破を模索した野心作。

大江健三郎著

芽むしり仔撃ち

疫病の流行する山村に閉じこめられた非行少年たちの愛と友情にみちた共生感とその挫折。綿密な設定と新鮮なイメージで描かれた傑作。

大江健三郎著

性的人間

青年の性の渇望と行動を大胆に描いて波紋を投じた「性的人間」、政治少年の行動と心理を描いた「セヴンティーン」など問題作3編。

大江健三郎著

空の怪物アグイー

六〇年安保以後の不安な状況を背景に〝現代の恐怖と狂気〟を描く表題作ほか「不満足」「スパルタ教育」「敬老週間」「犬の世界」など。

大江健三郎著

見るまえに跳べ

処女作「奇妙な仕事」から3年後の「下降生活者」まで、時代の旗手としての名声と悪評の中で、充実した歩みを始めた時期の秀作10編。

島崎藤村著　春

明治という新時代によって解放された若い魂が、様々な問題に直面しながら、新たな生き方を希求する姿を浮彫りにする最初の自伝小説。

島崎藤村著　桜の実の熟する時

甘ずっぱい桜の実に懐しい少年時代の幸福を象徴させて、明治の東京に学ぶ岸本捨吉を捉える青春の憂鬱を描き『春』の序曲をなす長編。

島崎藤村著　破戒

明治時代、被差別部落出身という出生を明かした教師瀬川丑松を主人公に、周囲の理由なき偏見と人間の内面の闘いを描破する。

島崎藤村著　夜明け前（第一部上・下、第二部上・下）

明治維新の理想に燃えた若き日から失意の中に狂死する晩年まで——著者の父をモデルに木曽・馬籠の本陣当主、青山半蔵の生涯を描く。

島崎藤村著　千曲川のスケッチ

詩から散文へ、自らの文学の対象を変えた藤村が、めぐる一年の歳月のうちに、千曲川流域の人びとと自然を描いた「写生文」の結晶。

島崎藤村著　藤村詩集

「千曲川旅情の歌」「椰子の実」など、日本近代詩の礎を築いた藤村が、青春の抒情と詠嘆を清新で香り高い調べにのせて謳った名作集。

司馬遼太郎著

梟の城

直木賞受賞

信長、秀吉……権力者たちの陰で、凄絶な死闘を展開する二人の忍者の生きざまを通して、かげろうの如き彼らの実像を活写した長編。

司馬遼太郎著

人斬り以蔵

幕末の混乱の中で、劣等感から命ぜられるままに人を斬る男の激情と苦悩を描く表題作ほか変革期に生きた人間像に焦点をあてた7編。

司馬遼太郎著

国盗り物語（一～四）

貧しい油売りから美濃国主になった斎藤道三、天才的な知略で天下統一を計った織田信長。新時代を拓く先鋒となった英雄たちの生涯。

司馬遼太郎著

燃えよ剣（上・下）

組織作りの異才によって、新選組を最強の集団へ作りあげてゆく〝バラガキのトシ〟――剣に生き剣に死んだ新選組副長土方歳三の生涯。

司馬遼太郎著

新史太閤記（上・下）

日本史上、最もたくみに人の心を捉えた〝人蕩し〟の天才、豊臣秀吉の生涯を、冷徹な史眼と新鮮な感覚で描く最も現代的な太閤記。

司馬遼太郎著

関ケ原（上・中・下）

古今最大の戦闘となった天下分け目の決戦の過程を描いて、家康・三成の権謀の渦中で命運を賭した戦国諸雄の人間像を浮彫りにする。

塩野七生著
愛の年代記
欲望、権謀のうず巻くイタリアの中世末期からルネサンスにかけて、激しく美しく恋に身をこがした女たちの華麗なる愛の物語9編。

塩野七生著
チェーザレ・ボルジア あるいは優雅なる冷酷
毎日出版文化賞受賞

ルネサンス期、初めてイタリア統一の野望をいだいた一人の若者――〈毒を盛る男〉としてその名を歴史に残した男の栄光と悲劇。

塩野七生著
コンスタンティノープルの陥落
一千年余りもの間独自の文化を誇った古都も、トルコ軍の攻撃の前についに最期の時を迎えた――。甘美でスリリングな歴史絵巻。

塩野七生著
ロードス島攻防記
一五二二年、トルコ帝国は遂に「喉元のトゲ」ロードス島の攻略を開始した。島を守る騎士団との壮烈な攻防戦を描く歴史絵巻第二弾。

塩野七生著
レパントの海戦
一五七一年、無敵トルコは西欧連合艦隊の前に、ついに破れた。文明の交代期に生きた男たちを壮大に描いた三部作、ここに完結！

塩野七生著
マキアヴェッリ語録
浅薄な倫理や道徳を排し、現実の社会のみを直視した中世イタリアの思想家・マキアヴェッリ。その真髄を一冊にまとめた箴言集。

新潮文庫最新刊

越谷オサム著
次の電車が来るまえに
故郷へ向かう新幹線。乗り合わせた人々から想起される父の記憶――。鉄道を背景にして心のつながりを描く人生のスケッチ、全5話。

西條奈加著
金春屋ゴメス
日本ファンタジーノベル大賞受賞
近未来の日本に「江戸国」が出現。入国した辰次郎は「金春屋ゴメス」こと長崎奉行馬込播磨守に命じられて、謎の流行病の正体に迫る。

石原慎太郎著
わが人生の時の時
海中深くで訪れる窒素酔い、ひとだまを摑まえた男、身をかすめた落雷の閃光、弟の臨終の一瞬。凄絶な瞬間を描く珠玉の掌編40編。

石原良純著
石原家の人びと
厳しくも温かい独特の家風を作り上げた父・慎太郎、昭和の大スター叔父・裕次郎――逸話と伝説に満ちた一族の意外な素顔を描く。

小林快次著
恐竜まみれ
―発掘現場は今日も命がけ―
カムイサウルス――日本初の恐竜全身骨格はこうして発見された。世界で知られる恐竜研究者が描く、情熱と興奮の発掘記。

小松　貴著
昆虫学者はやめられない
〝化学兵器〟を搭載したゴミムシ、メスにプレゼントを贈るクモなど驚きに満ちた虫たちの世界を、気鋭の研究者が軽快に描き出す。

奉《ほう》教《きょう》人《にん》の死《し》

新潮文庫　あ - 1 - 4

昭和四十三年十一月十五日 発行
平成二十五年八月三十日 六十二刷改版
令和 四 年六月三十日 六十六刷

著者 芥《あくた》川《がわ》龍《りゅう》之《の》介《すけ》

発行者 佐藤隆信

発行所 株式会社 新潮社
郵便番号 一六二―八七一一
東京都新宿区矢来町七一
電話 編集部(〇三)三二六六―五四四〇
読者係(〇三)三二六六―五一一一
http://www.shinchosha.co.jp

価格はカバーに表示してあります。

乱丁・落丁本は、ご面倒ですが小社読者係宛ご送付ください。送料小社負担にてお取替えいたします。

印刷・株式会社光邦　製本・株式会社植木製本所
Printed in Japan

ISBN978-4-10-102504-9 C0193